文豪と俳句

岸本尚毅
Kishimoto Naoki

a pilot of wisdom

はじめに

小説家の作風が多様なのと同様、その俳句も多様です。

泉鏡花、内田百閒《ひやっけん》、川上弘美などの句は、その小説と同質のあやしさを漂わせています。

幸田露伴、尾崎紅葉、森鷗外《おうがい》、室生犀星《むろうさいせい》などは、日記や評伝から窺《うかが》われる作家の生き方と俳句との関わりが興味深い。

俳句を俳句としてきっちり読ませるのは芥川龍之介です。太宰《だざい》治や宮沢賢治は俳句の中でも太宰であり、賢治です。

横光利一の場合、深く俳句を愛したにもかかわらず、体質的に小説家でありすぎたため、心の底から俳人になり切ることができなかったように感じられます。

多様な小説家の多様な俳句にどう切り込むか。頭を悩ませながら書き進め、最終章では夏目漱石対永井荷風の句合わせを試みました。はたしてどちらが勝つのでしょうか。

目次

凡例

一、引用部は二字下げにして、地の文と区別した。

一、旧字体の漢字は、原則として新字体に改めた。

一、読みやすくするために、引用部にはルビを適宜施した。その際、ルビに［ ］を付し、原文のものと区別した。また、著者の判断により、ルビを省略した箇所がある。

一、引用には一部、今日の人権意識に照らして不適切な表現があるが、原典の時代性に鑑み、原文のままとした。

〈幸田露伴〉の章――露伴流俳句の楽しみ方

幸田露伴〔こうだ・ろはん〕
一八六七（慶応三）年～一九四七（昭和二十二）年。江戸・下谷生まれ。小説家・国文学者。小説『風流仏』『五重塔』などの名作で明治期に尾崎紅葉と並び「紅露時代」と称される一時期を画した。以降、和漢・仏典の学識を基に、史伝『頼朝』『運命』、戯曲『名和長年』、長編詩集『出盧』、『評釈芭蕉七部集』などを残す。慶応から昭和戦後までを生き抜き、第一回文化勲章受章。別号は蝸牛庵、叫雲老人ほか。俳句は少年期より親しむ。

最後の誕生日

『五重塔』で知られる幸田露伴は明治の代表的文豪の一人。慶応三年（一八六七）に幕府の表坊主（江戸城内で大名の用を弁じるお坊主）を務める家に生まれました。生粋の江戸っ子で、夏目漱石、正岡子規、尾崎紅葉と同年生まれ。このうち最も長く生きたのが露伴です。

露伴が亡くなったのは昭和二十二年七月三十日。寝たきりであった晩年の露伴は小石川の家を戦火で失い、市川の仮寓《かぐう》で次女の文子（作家の幸田文）、孫の玉子（随筆家の青木玉）と暮らしていました。亡くなる一週間前の七月二十三日、露伴は八十歳の誕生日を祝いました。その様子を幸田文が『父―その死―』に書き残しています。文は祝いのため、近所の魚屋に尾頭付きを頼みました。鱸《すずき》を期待したが、手に入ったのは二十センチ程の鯛《たい》。その魚屋の女将《おかみ》について、文は次のように記しています。

魚屋のおかみさんは当時ちぎれた鰯でも、とろとろした烏賊でも取りあいで売れて行くなかに、盤台をのぞいて小なまいきな註文をする私を、やみ小料理屋の姐さんと踏んだことから冗談を云うようになり、八十の年よりだから極いいものをと云ったら、「当節おとっつぁんにいいもの食わせるなんてはやらないよ」とまぜっかえした。新聞の話を聞いたと云って、*「ロケン先生っていうのはあんたのおとっつぁんだという話じゃないか」とわかったような、わからないようなことを云った。学士院と学習院とは彼女には同一のものであり、没落権力階級のすがたが私のしおたれたかたちの後ろにちらちらするらしくも思えた。

＊この箇所に先立って「そのころ毎日新聞が父の日常を伝えた」とある。引用者注。

「ロケン」は露伴が露件と誤読されたのでしょう。寝たきりの露伴を囲んでの「お椀・野菜の甘煮・ひたしもの・塩焼、それに赤の御飯をつけた膳は、ちまぢまとわびしかった」と、文は記しています。

小さい鯛は四人で分けてたべた。最初に箸をつけた玉子が、「水無月や鯛はあれども塩くじら」と祖父をまねておどけて云い、「かあさん意外においしいわよ」と云った。夏、鯛を使うと父は必ずこの句を云って「元禄から何百年たってると思う」と云って歎《たん》じていた。

このとき玉子は十七歳。露伴が身内を相手に自宅で俳諧を講じていたとき、小学生だった玉子も参加していたのです。

「水無月《みなづき》や鯛はあれども塩鯨《しおくじら》」は芭蕉《ばしょう》の句です。安倍能成《あべよししげ》や太田水穂などと行った芭蕉研究で、露伴はこの句を次のように評しました。
「塩くぢら」は水無月の食ひ物である。くぢらの皮を強い塩に漬けて木枕ほどの形にしてあるのを、うすく刺身のやうにきり、それへ熱湯をかける。するとそれがはぜたやうになりて、ちりちりと縮んで、玉の如く白くなる。それを冷水に冷やしたうへで酢味噌で食ふのです。冷たくきれいで全く暑月の嘉味とすべきものである。鯛のなまぬるさよりも塩くぢらといふのです。暑熱の時分の鯛はいけません、鯛よりは鱸、鱸よりは塩鯨です。然しあつさりしたものと思はれては困ります。ほとんど全体が脂肪ですからね。何様《どう》か御上りなすつて下さい。芭蕉の夏の献立ですから。ハヽヽ。辛子酢味噌、蓼酢味噌、唐辛子酢味噌などが甚だ宜しい。

（『芭蕉俳句研究　続々』）

露伴以外の評者は「鯛の様な結構な或はありふれたものでなく、塩鯨こそ六月の我庵に相応しいと云ふ位の意味」（安倍）、「六月といふ季節には烈しい味があります。そこへ塩くぢらといふ塩からい烈しいものを持つて来たところが面白い。塩くぢらといふ語調のひゞきも酷熱の六月にふさはしい」（太田）などと、水無月と鯛と塩鯨の関係を、俳諧味や言葉のイメージで説明しようとしました。その中にあって露伴は「鯛のなまぬるさよりも塩くぢら」「辛子酢味噌、蓼酢味噌、唐辛子酢味噌などが甚だ宜しい」と、食味に徹した句解をしています。こんなところにも「格物致知」（事物に触れて理を窮《きわ》めるという朱子学の理念）をモットーにした露伴の面目があらわれています。

余談ながら「ハ、、」は「こういう笑声を文章に勝手に入れるのが露伴の口語文に一特色をなす」（塩谷賛『幸田露伴』）のだそうです。たとえば、俳人の高浜虚子宛の書簡で、其角《きかく》の句に触れたくだりに「行徳ハ塩やくところなりしならん　今は蠣灰つくるのみハ、、、、、」とあります（「虚子宛書翰《しょかん》」「ホトトギス」大正十三年八月号）。

「鯛よりは鱸、鱸よりは塩鯨」と言った露伴ですが、生涯最後の誕生日に供されたのは、塩鯨でも鱸でもなく、小さな、しかし、文の心づくしの鯛でした。その七日後、露伴は亡くなりました。葬儀での思いを、文は次のように記しています。

一日雲に乗って去る、行く処を知らず。「喜撰法師っておかしいのね、おじいちゃま。」ついこの間した、玉子と祖父との会話であった。「そうさ、おじいさんも仙人になれば雲に乗ってどっかへ行く。」「そんなの少し変だわ。」「変じゃないさ、いいじゃないか。」いずこへ行きたもう父上よ、

老子霞み牛霞み流沙《りゅうさ》かすみけり

逝きたもうか父上よ、

獅子の児の親を仰げば霞かな

親は遂に捐《す》てず、子もまた捐てられなかったが、死は相捐てた。躍りあがれぬ文子が一人ここにいる。

（『父―その死―』）

露伴の死に直面した文の心の中に、露伴の俳句が入り込んでいます。

老子霞み牛霞み流沙かすみけり　露伴

牛に乗った老子は定番の画題です。露伴はそれをもうひとひねりしました。道教の祖の老子は乱世を逃れ、牛に乗って西方へ去る途中で老子道徳経を著したと伝えられています。「流沙かすみけり」は西域のイメージ。露伴の助手だった土橋利彦（筆名・塩谷賛）は「流沙は死を象徴する」（新潮文庫『父・こんなこと』解説）としています。

流沙がかすむ西域の景を、露伴は、俳諧の季語の「霞」に転じました。日本の春の湿潤な大気を思わせる「霞」は「流沙」と正反対。そこに大胆な俳諧があります。そのさい漢字の

「霞」と仮名の「かすみ」を使い分けたのは芸の細かいところ。

　俳句の実作者は「霞」の繰り返しがわざとらしくないか、漢字と仮名のバランスはどうか、などと考えるわけですが、この句は「老子霞み牛霞み」までは俳諧的な「霞」の中の桃源郷的世界。そこから「流沙かすみけり」という茫漠《ぼうばく》たる砂漠のイメージに転じます。その転じ方を鮮明に見せるため、句の前半の「霞み」と句の後半の「かすみ」を使い分けたものと想像します。漢字にうるさい露伴ですから、「流」と「沙」のサンズイにさらに「霞」のアメカンムリが加わると、句が湿気っぽくなると思ったのかもしれません。

　露伴は、老子について「漠然として心を動さず、泊然として神《たましい》を安んずるならば、それは老仏の徒の為すところに近し。恬淡にして、愛す可きことは愛すべし、寂静にして、欣《［よろこ］》ぶ可きことは欣ぶべし、所謂生《せい》機《き》払《もと》らず、克長条暢《こくちょうじょうちょう》すといふところは足らずといふべし」（『悦楽』）と述べています。啓蒙家《けいもうか》たる露伴は、老子や仏教の悟り澄ました思想は愛すべきだが、それだけでは生き生き、伸び伸びと生きることはできないと言うのです。しかし俳句では霞に消えてゆく老子の姿に心を遊ばせました。

獅子の児の親を仰げば霞かな　露伴

「躍りあがれぬ文子が一人ここにいる」と文が書いた通り、親獅子によって谷に突き落とされた子獅子を詠んだ句です。親ははるかに遠く、その姿は霞に距《へだ》てられている。子獅子の悲しみが季語の「霞」に託されています。『蝸牛庵句集《かぎゅうあんくしゅう》』では、この句は次のように発句に脇を添えた形で収録されています。

　　獅子の児の親を仰げば霞かな
　　　巌間の松の花しぶく滝

霞に距てられた子獅子の目に映るのは、岩の間の松と飛沫《しぶき》を飛ばす滝だけ。親獅子の厳しさを詠った発句を、岩や松を詠み込んだゴツゴツした脇が受け止めています。滝は垂直方向に句の空間を広げ、親獅子の居所がはるか高みであることを思わせます。いっぽう松の花の生命感と滝の生動感が、この二句を観念だけの句になることから救っています。

俳句の読み手としての露伴

露伴は、大正九年に着手した『評釈芭蕉七部集』を昭和二十二年に完成させました。丁寧に仕上げて未完成に終わるのと、ざっと仕上げて完成させるのとどちらが良いかと露伴は文に意見を求め、文は「ざっとでも終りまでして頂きたい」と願ったのです（青木玉『小石川の家』）。

その口述のさまを、青木玉は次のように書き残しています。

日も夜もなく夜中目覚めて、

「やろうかね」

と始まれば時を越えて、七部集の元禄俳諧連歌の座が壁の向うに招き寄せられ、時に祖父の目は軽くとじられ、又時にうす暗い天井を見つめてはいても気は読み手の心の動きを捉えて、

「次は」

と促す声が聞え、土橋さんが読み上げる。

「うん、おろしおく鐘しづかなるか、鐘が下してある、どうして、いや違う、おろしおく、おろしおく鐘、そう一つことに捉われてはいけない、もっと懐をひろく考えを置かなくては駄目だ」

　そのまゝ声が絶えている。土橋さんは多分大きな目を一そう見ひらいて、祖父の顔を身じろぎもせずに見守って次の言葉を待っている。頭の中は、あの説この注がひしめき合っているのだろう。

（『小石川の家』）


「おろしおく鐘しづかなる」は「おろしをく鐘しつかなる霰《あられ》哉　勝吉」という句です。鐘楼

から下ろされた鐘が静かに置かれ、霰が降っている。鐘の静と霰の動が対照的です。字面をたどって景を述べればそれだけですが、露伴の評釈はこの句に先立つ「待よひの鐘は堕ちたる草の中」という芭蕉の句に及びます。芭蕉の句は三井寺《みいでら》の鐘を詠んだ作。当時、鐘は下ろしてあり、それを「鐘は堕ちたる草の中」と詠んだのは詩的創作だと説いています。

「鐘が下してある、どうして……」と呟《つぶや》く露伴。鐘が下ろしてある理由を問い、眼前の景に捉われず、景の背後にある歴史や伝承、先行句などを求めて頭の中を探し回りました。その結果、同じように鐘を詠んだ芭蕉の句にたどりついたのです。

勝吉の句と芭蕉の句は、ともに鐘楼から下ろされた鐘を詠んだ作です。芭蕉門の勝吉は、芭蕉の句を知っていた可能性があります。俳句の評釈とは、多くの作者や多くの作品の間にある目に見えないつながりを見出《みいだ》し、たどることである。そんなことを露伴は教えてくれます。

勝吉の句の主題は鐘ではなく、静かな鐘を詠んで霰の景を躍如と見せた句だと露伴は結論づけました。芭蕉の句を知らないでもこの結論は得られますが、芭蕉の句と併置対照することにより、句の評釈に厚みが増します。

露伴の読みを、別の読み手と比べてみましょう。以下は、芭蕉の「草臥《くたびれ》て宿かるころや藤の花」（詞書《ことばがき》「大和《やまと》行脚のとき」）を鑑賞した室生犀星《むろうさいせい》の文章です。

「丹波市の泊りにしやうか？」

芭蕉は尾張から伴ふた杜国をかへり見た。美青年の俤《おもかげ》ある杜国は芭蕉よりも先きに草臥れ、右足を引摺つてゐたくらゐであつた。

「わたくしもすつかり疲れました。」

路上に奥大和からの駄馬が落して行つた糞さへ、乾いて埃白いほど蒸しあたたかい日であつた。

宿は往来から入り込んだ茶店も兼ねてゐる旅籠屋であつた。馬の草鞋に駄菓子を鬻《ひさ》ぐ店の間も埃だらけだつた。洗足に立つた芭蕉は、堀井戸の冷たい水に足を浸しながら、手を額のあたりに動かし旅の具の始末をして居る杜国を差し招いた。

格子型に編んだ竹の棚から垂れた藤の花が、虻と蜂の唸り声の中から美事に咲き揃ふてゐた。

「だいぶ老木らしいぢやないか。」

根の幹は太く巌丈だつた。芭蕉はその明るい花の下に立つた。（犀星『芭蕉襍記《ざつき》』）

犀星は詩人の想像力を駆使し、芭蕉の姿を目に見えるように描き出しました。これに対し、露伴の『評釈芭蕉七部集』は次のようなものです（現代語に訳して引用）。

「行脚」は禅家から出た言葉なので、宋音でアンギャと読む習いである。山河を歩き、精神を澄ませ、法を求め、道を確かめるため修行することをいう。草臥の二字、くたびれと読む。疲労の意味。『芳野紀行』に、旅の道具が多いと邪魔になるので、物をみな捨ててしまったものの、夜寝るための紙衣一枚、合羽のようなもの、硯筆紙薬や昼食などを包んで背負ったら、甚だ足腰が弱くて力の無い身には、後ろにひかれるようで道がなお進まず、ただ憂鬱なばかりである、と書いてあって、その後にこの句が書かれている。この一句、春の日の旅のさまが昼のように見えて、めでたい。

見て来たような犀星の鑑賞とは対照的に、露伴の評釈は一字一句の意味を確認し、最小限の言葉で句の輪郭を見定めます。犀星が想像力にまかせて描き出した情景を、露伴は「春の日の旅のさま昼の如くに見えてめでたし」と端的に述べました。「春の日」「旅のさま」「昼の如くに見えて」「めでたし」という一語一語が刻んだように確かです。

露伴は後半生の三十年にわたって『七部集』の評釈を断続的に進め、最晩年に完成させました。亡くなる三日前の七月二十七日の露伴の言葉を、文が書き残しています。

評釈のこと、出版のことは度々話していたが、今もまた承知していることを確めるように話した。「七部はあれはもうできちまっているんだよ、おまえは心配はいらないよ。」仕

事には一切関係しなかった私だから、説明しておくつもりらしかった。（略）
「じゃあおれはもう死んじゃうよ」と何の表情もない、穏かな目であった。（『終焉《しゅうえん》』）
露伴は、『七部集』の評釈が完成したことを自分で自分に言い聞かせながら、「じゃあおれはもう死んじゃうよ」と、文に別れを告げたのです。
芭蕉の俳諧をこれほど大事にした露伴ですが、六十二歳のとき刊行された評釈書（『炭俵・続猿蓑抄』）の跋《ばつ》にこんなことを書いています。——夢に現れた人から「愚か者よ。詩経の解釈かと思ったら、俳諧などの評釈をするとは一体何事だ」と言われた。目が覚めて茫然自失。その後、俳諧の評釈をする気もなく過ごしていたが、愚かにも、約束を果たすような心持ちになって、やっと連句の評釈を完了した——（現代語に訳して引用）。
詩経などの漢学こそが露伴の真面目《しんめんもく》であり、「俳諧なんどを評するとは何事ぞ」と自問しながらも、露伴は生涯俳諧を手放さず、その後も断続的に発句の評釈を続けました。

『露団々』

露伴の駆け出しの作に『露団々』（明治二十二年）があります。米国の大富豪が娘の婿を新聞で公募した。そこに或る中国人が、日本人の青年を自分の身代りに応募させたら婿に選ばれてしまった。ところが娘には別に恋人がいた。コミカルな展開を経て娘の恋はめでたく成就するという筋書きですが、婿たる資格が、人柄・容姿・財産・宗教などは一切不問、「決して不愉快の感覚を抱かずして、常に愉快なる生活をなし得る」ことだけが条件になっている。この点をめぐって「不愉快」「愉快」について交わされる作中の問答が面白い。

この小説は二十一章から成り、露伴は、各章の冒頭に芭蕉の句を掲げました。たとえば「ものいへば唇寒し秋の風」に「赤く熟せし柿も淋しく、真情《まこと》も虚言《あだ》に見え勝のもの」（熟した柿のような赤誠の思いも、相手に通じないことが多い）と添えています。この章では、誠実な人物が大富豪に対し、娘の恋を叶《かな》えるように説得を試みますが、一蹴される。この顚末《てんまつ》を読んだ読者は「物いへば唇寒し」とはなるほどそういう意味だったのかと納得し、微笑する。露伴は芭蕉の句を借りて読者サービスを試みたのです。

俳句を使った小説というと横溝正史の『獄門島』を思い出します。釣鐘の中にあった死体。芭蕉の「むざんやな甲の下のきりぐ〵す」が、その死にざまの〈見立て〉になっています。

芭蕉の句を見出しにしたことについて露伴は「誰も驚きやしません、それは昔の行き方ですから」と語っています（新日本古典文学大系『幸田露伴集』）。「昔の行き方」とは漠然としていますが、『露団々』の約八十年前の山東京伝『双蝶記《そうちょうき》』でも俳句が見出しのように使われています。「むざんやな甲の下のきりぎ〳〵す」を、京伝は「むざんやな兜の下の亡者の計略」と改作しました。読者が「兜の下はきりぎりすのはず。なんで亡者なんだ」と思って読み進めると、陣笠をかぶせた死体を使って敵を欺き、味方の落ち武者を逃がす場面が出てきます。「兜の下の亡者」は、陣笠をかぶった亡者の〈見立て〉なのです（佐藤至子「山東京伝『双蝶記』考」）。江戸文学を読み込んでいた露伴は、俳句を〈見立て〉に使うという「昔の行き方」を、読者サービスに取り入れたのかもしれません。

読み物として楽しい『露団々』ですが、大富豪に体現される西洋的価値観と、婿に選ばれた日本人の東洋的価値観を対比させた小説である、と研究者は指摘します（馬場美佳「〈自由〉という照応」）。大富豪の執事が、この日本人を「不愉快」にさせようと悪口を言いますが、この日本人は「西洋の賢人は、この世にこの自分を怒らせるほどの価値があるだろうか、と言ったそうですが、東洋人の私は、この自分は果して何かに対して怒るほどの価値がある男だろうか、と申し上げましょう。はゝゝどうです、誰が怒るものですか」（現代語訳）などと答えます（ここにも「はゝゝ」が出て来ました）。

東洋精神の体現者のような日本人の青年の名を、露伴は「吟蜩子《ぎんちょうし》」としました。「吟蜩子」は芭蕉の「閑《しずか》さや岩にしみ入蟬《いるせみ》の声」に由来するそうです（ちなみに芭蕉の若き日の主君の俳号は

「蟬吟《せんぎん》」でした)。

青年の間で西洋の思想が流行していた時代、露伴は一石を投じるように『露団々』を世に問いました。そこに芭蕉の句が使われ、また、芭蕉を連想させる人物が活躍します。露伴の芭蕉への愛、俳句への愛は、すでにこのデビュー作に見出されるのです。

『蝸牛庵句集』から

以下『蝸牛庵句集』から句を拾い、評伝などを参照しながら読んでいきます。

里遠しいざ露と寝ん草まくら　露伴

『蝸牛庵句集』巻頭の句。明治二十年、露伴二十歳の作。露伴は子供の頃から俳書に親しみました。維新後の実家の経済的事情から、学費の要らない電信修技学校を修了し、逓信省電信局職員として北海道の余市《よいち》に赴任していました。余市での三年目、露伴は無断で帰京し、免官されました。この句は東京への途上、福島から郡山へ夜道をたどったとき「野たれ死をする時があったならば、きっとこんな光景だろう」と思っての作。「露伴」という号はこの「露と寝ん」という句に由来するそうです(『幸田露伴』)。

とんぼうの帽子に睡る小春かな　露伴
吹風の一筋見ゆる枯野かな

帽子に蜻蛉《とんぼ》がとまったり、枯野を吹く風を見つめていたり。余市から無断で帰京し、浪人生活の身となった露伴青年の胸中が想像されます。

酔狂の旅をいさむる吹雪かな　露伴

明治二十二年一月、『露団々』の原稿料で旅をしている途中、木曾路の鳥居峠で吹雪に遭遇しました。木曾路から『風流仏』を連想する読者もいるかもしれません。

露伴はさらに大阪まで足を延ばして西鶴の墓に詣で「**九天の霞をもれてつるの声**」と詠んでいます。駆け出しの作家であった二十二歳の露伴の西鶴への挨拶句です。

蝶の羽に我が俳諧の重たさよ　露伴

露伴二十二歳、赤城山への旅中の句。この句は後年「飛ぶ蝶に我が俳諧の重たさよ」と改められました。同じとき詠まれた短歌に「亡き人の魂《たま》にもあらば飛ぶ蝶の袖にも入れやわれしめて寐《ね》む」があります。「しめて」は抱きしめるという意味。塩谷賛は「亡き人は北海道の人」であり、余市での「悪因縁というのは何であったか。相手の名前だの事件だのを明らかにすることはできない」と記しています。

短歌の「亡き人」を「しめて寐む」は思いが露《あらわ》です。俳句の「我が俳諧の重たさよ」は、それだけでは何のことかわかりません。この句には「対蝶欲語一片心」（蝶に向かって我が心の一片を語りたい）という詞書があります。魂魄のように蝶は軽やかに飛んでゆくのに、「我が俳諧」は重たく、自分の気持は飛ぶ蝶に届かない、というのでしょうか。露伴は後年、自宅での俳諧講義のさい「蝶にァ句が重くなっちゃァいけねえ。おれの句だが」と言って、この句を挙げました（高木卓『露伴の俳話』）。

この句と同時の作に「蝶ひとつわれに添寝の山家かな」「夢もなき我ゆめ甜《なむ》る蝴蝶哉」「我が夢を蝶の出ぬける山家かな」があります。「我が俳諧」「われに添寝」「我ゆめ甜る」「我が夢を蝶の出ぬける」と、どの句も「我」を意識しているところが青年らしい。これら若き日の句は、波乱に富んだ露伴の青春を反映しています。

吹けや吹け扇子車《あふぎぐるま》に青嵐　露伴

明治二十三年頃の作。露伴は自宅での俳諧講義で、天保年間に刊行された『俳諧職業尽』を参加者に見せ、「職人とは大工、左官はもちろん、虚無僧や琴の師匠なども含めていうので、それらの職業を季節にあわせるのだ。職人を露骨に出してはおもしろくない。仕事にしたがってよんでいくので、これはおれの昔の句だが」と、掲句と「**屋根葺の笠に蜻蜓の眠かな**」（屋根葺の職人の笠に蜻蛉が眠ったようにとまっている）、「荒打にぬりこむ風の木の葉哉」（蔵の壁の下地を塗る左官が、風に吹かれて来た落葉を塗り込んだ）を示しました（『露伴の俳話』）。

「扇子車」は「扇をひろげたのを三つ葉形に円くならべ上棟式のときに立てるもの」（露伴）で、青嵐（草木を吹き抜ける夏の風）に「吹けや吹け」と命じるところに大工の心意気を感じます。「吹けや吹け」から『五重塔』の一場面を連想する読者もいるかもしれません。『五重塔』の主人公の大工の十兵衛は、心血を注いで建てた五重塔を襲う暴風雨の中、塔の最上層で鑿《のみ》を握ったまま風雨を睨《にら》んでいたのでした。

露伴の俳諧講義とは、「露伴の無聊《ぶりょう》を慰めかたがた、親戚がいつともなく日をさだめて露伴の宅にあつまり、露伴からいろいろ物を教わるという一種のならわしが生じ」（『露伴の俳話』）、易、書に続いての俳諧の講義となったものでした。露伴は、参加者の「寒げいこ籠手《こて》をとられる痛さかな」を「籠手とられたる」に直したり、「鶯に迎へられたる湯宿かな」に「これじゃあ鶯が番頭か亭主だ」とつっこんだり、歴史上の故事を詠む詠史の句の説明の中で「義朝もはじめはふりで戦はず」（浴場で襲われた源義朝は最初は片手で前をおさえて戦ったことよ）という川柳を婦女子の前で披露したり、俳句の歴史を講じたり、ときには連句をしたり、娘、孫、甥《おい》などを相手にずいぶん本格的に指導をしています。

「扇子車」の句に言及した俳諧講義は、昭和十六年十二月二十一日に行われました。俳文学者の山下一海は「十二月八日に真珠湾攻撃がおこなわれ、二十一日といえば、国中が緒戦の勝利に酔っていたころである。その時期に近世俳書の話をするなど、あるいはこれも、露伴の時勢に対する不機嫌のあらわれであったのかもしれない」（『露伴の俳話』解説）と記しています。

長き夜をたゝる将棋の一手《ト》哉　露伴

秋の夜長に将棋で負けた、あの一手が祟《たた》ったというのです。露伴は将棋の愛好家でした。棋士の木村義雄は幸田文との対談で、露伴の将棋を「素人の天才ですね」と語っています（『増補　幸田文対話（上）』）。

あるとき露伴は夜中に大声でアッハッハと笑った。その日に負けた将棋の詰め手を考えついたのでした。夫人はそんな露伴を、「あなたは原稿を書くのにあんなに本気になっているのを見たことがない。将棋などであんな馬鹿げた声を夜中に出したりするのは情ない」と諫《いさ》めました。それまで将棋に耽《ふけ》っていた露伴は、これを機に将棋から手を引いたと語っています。もっとも木村義雄が「戦前、わたしが名人の座をすべったことがあるんです。そのとき先生（露伴。引用者注）が「バカヤロー」っていったことを伝えきき、それほどわたしを思っててくれたのかと思い、奮起して名人をとり戻しました」と語っていますから、木村のファンではあり続けたのでしょう。

子を持つて河豚の仲間をはづれけり　露伴

三十代後半の作。「如何なる折にか」と詞書があり、掲句と「河豚喰ふて斗酒飲んで我死なん哉」「おとろへや河豚食ひよどむ四十より」が並んでいます。掲句は、子を持つと命が惜しくなり、河豚を食う仲間から抜けたというのです。句意は常識的ですが、『蝸牛庵訪問記』を書いた小林勇（露伴に兄事した編集者。岩波茂雄の女婿）にまつわるエピソードがあります。若い小林が、今夜の汽車で小海線のスキー地探検に行くと露伴に話したら、露伴は苦い顔をして墨を磨《す》り、この句を色紙に書き、小林の前へ投げるように置いたというのです。お前はもう人の親なのだから自重せよと、俳句で小言を言ったのです。この句を書いた色紙の複製が、日本近

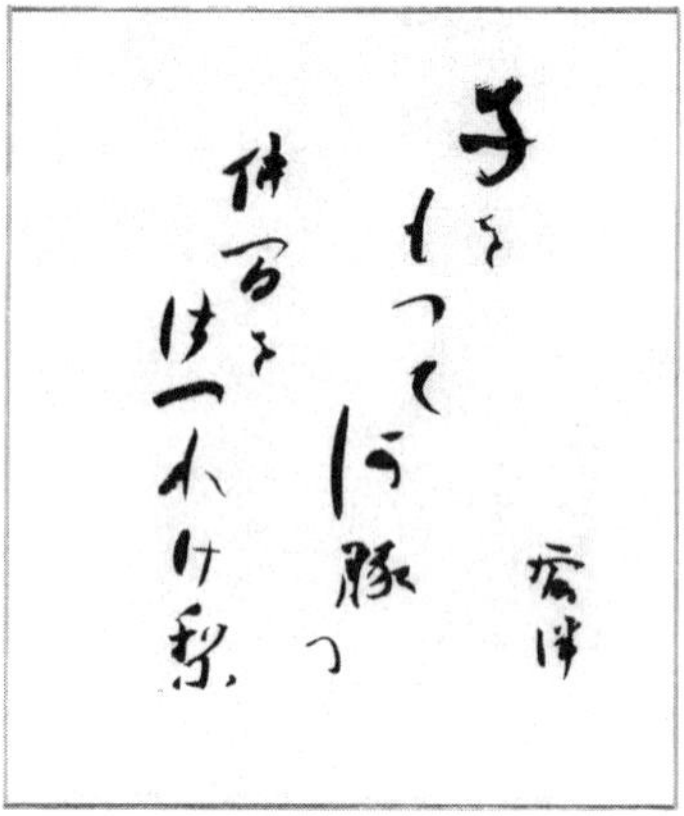

「子を持つて河豚の仲間をはづれけり」の複製色紙（日本近代文学館発行）

代文学館ウェブショップで売られています。

はる〲の原や小狐霙空　露伴

昭和十四年作。小狐が広い野原をはるばるとやって来た。寒々と霙《みぞれ》の降る空の下を。字面だけではこう解されますが、詞書に「名器小狐霙空」とあります。知人が所蔵する光悦などの楽茶碗《らくぢやわん》を見せてもらい、その中の「小狐」と「霙空」に露伴は感心した（『蝸牛庵訪問記』）。この句は茶碗への挨拶です。二つの茶碗の銘を一句に収めたところが巧《うま》い。

露伴は上五に「はろ〲」を考えたそうですが、露伴と親しい歌人の斎藤茂吉の意見を採用して「はる〲」としました。句の主人公が小狐なので、古風に気取った「はろ〲」より、素直な「はる〲」のほうが良さそうに思えます。

あの先で修羅はころがれ雲の峯　露伴

昭和十七年作と思われる。「修羅」は闘争、争い。この句を色紙に書いて小林勇に与えたとき、露伴は「こんな句を人に見せたら、叱られるだろう」と言ったそうです。また青木玉は、昭和二十年三月に信州に疎開する露伴が「春寒し手昇《てかき》よりする汽車の旅」と詠んだことについて「目には破壊され焼けくずれた町のさまを眺め、疲弊し切った人々の姿を見て、句作りをする気分とはかけ離れた憤りに不機嫌な顔付である。この混乱の中にあえて句作りに心を向けた祖父は嘗て、『あの先に修羅は転がれ雲の峰』と詠んだ人である」（『小石川の家』）と記しました。「手昇」は、体が不自由な露伴が担架に乗せられて列車に乗り込む様子です。

戦争中の露伴については、真珠湾攻撃の報を聞いて「若い人たちがなあ」と涙を流したこと、文学報国会の会長就任を断ったことなどが伝えられています（露伴は身近な人に「徳富でも頼んだらよかろう」と洩らしており、じっさい蘇峰が就任）。

掲句の「修羅」も、露伴の頭の中では太平洋戦争だったと思われます。ただし句の鑑賞としては、人を闘争に駆り立てる修羅なるものが、入道雲の向こう側を奈落へ転落してゆくという幻想的なイメージを思い描いてもよい。「ころがれ」という命令に気迫を感じます。

露伴は出世作の『風流仏』で、仏師が恋の一念で彫り上げた仏像に魂が入るさまを「恋に必ず、必ず、感応《かんのう》ありて、一念の誠御心に協《かな》ひ、珠運は自が帰依仏の来迎に辱なくも拯《すく》ひとられて、お辰と共に手を携へ肩を駢《なら》べ悠々と雲の上に行し後には白薔薇《ホワイトローズ》香薫《にお》じて」と描写しました。幻想的なシーンを描く筆力が「あの先で修羅はころがれ」にも表れています。

なお、字面に即して読めば、「修羅」は木材などを滑らせて運ぶ仕掛で、そこから「ころがれ」というイメージが出て来たものと想像します。

長き夜や鼠《ねずみ》も憎きのみならず　露伴

死の前年の作。『評釈芭蕉七部集』の口述筆記のため露伴宅に泊った塩谷は、真夜中に露伴がはっきりした声で何かを言うのを聞きました。翌朝、露伴に問うと、真面目な顔で「女と話をしていたのだ。この床の間の隅から出て来るのだよ。私のように物を書くものにはそんなに不思議なことではない。私には始終あるよ」、しかもその女は「知らない人だ」と言う（『幸田露伴』）。この逸話の導入のように、塩谷はこの鼠の句を引いています。憎いばかりではない鼠の正体が、もしかすると、真夜中に現れる女ではなかったか、と示唆しているのでしょうか。

鼠を詠んだ句には、たとえば「炭にくる鼠の立つてあるきけり　森川暁水」（『ホトトギス雑

詠選集 冬の部』）があります。暁水は眼前の鼠の姿を描写しました。「炭」という具体物が詠み込まれています。これと対照的に「鼠も憎きのみならず」はじっさいに鼠を見たかどうかわからない。「長き夜」の趣とあいまって「鼠も憎きのみならず」は謎めいた鑑賞を誘います。

蘆いまだ芽ぐまず春の水しよろり　露伴

水の中から葦《あし》が芽吹くのを「葦の角《つの》」といって春の季語としますが、この句ではまだ芽が出ていません。「しょろり」は、わずかな水がかすかに流れている様子です。

昭和十七年五月十日、露伴を囲んだ俳諧講義の席上、文はこの露伴の句に似せた句を提出しました。さてどうなったでしょうか。

父の俳句は随分父の色が濃い。そこを狙ってやるのを、私はロハニズムとひそかに称していた。

句会。はたして私のロハニズムには点がかけられていた。

風そより山吹ほろり水しょろり

「これはりの字をろにしたらどうだい。」風に易《か》うるに陽を以《もつ》てせば如何《いかん》とか、感情を附すは如何とか、古臭さを脱する工夫如何とか、を話してくれた。「が、一体こう乙に気取ったのは誰だい。」待っていたのである。「なあんだ、おまえかい！　こーいつめ！」みんなはもとより事の筋は知らないのだが、父のふざけおどけたことばの調子につられて笑った。私は大いに愉快だった。

父の歿後、俳句の話が出たときに私はこれをしゃべった。座にいた人たちはおもしろがって笑った。私も楽しく笑ったが、笑っているうちに雫がほろっとこぼれた。小説家露伴、学究露伴、そして私には露伴なるちちおやである。

（『こんなこと』）

「こーいつめ！」と言った露伴は七十四歳。文は三十七歳。文は、父露伴との幸せな俳句の時間を思い出しながら『こんなこと』の筆を置いたのでした。

文の「水しょろり」は、露伴の「春の水しょろり」に似せたもの。露伴は「山吹がほろりはおかしい、ほろろだ。これに風のそよろをあわせて、『風そよろ山吹ほろろ……』とすべきだ」（『露伴の俳話』）と評し、文の句を「風そよろ山吹ほろゝ水しょろゝ」と直しました。「しょろり」は春先の冷たい感じです。文の句は晩春ですから「しょろり」より「しょろろ」のほうが合っています。山吹が散るのも、芭蕉の「ほろ〳〵と山吹ちるか滝の音」のように、「ほろり」より「ほろろ」のほうが合っています。

オノマトペにこだわった露伴は、高浜虚子の句（「朝霜やぢやらん〳〵と馬の鈴」）に文句をつけたことがあります。露伴は、上五に「朝霜や」「春風や」の二パターン、中七に「ぢやらん〳〵と」「ちやらん〳〵と」「ちやりゝ〳〵と」の三パターン、上五中七に二に三を乗じた六パターンあることを図示しました（露伴は算術が得意で学校は技術系の電信修技学校でした！）。そして「ぢやらん」と「ちやらん」は響きにゆるみがあるので朝霜より春風にふさわしい、朝霜に合うのは「ちやりり」だと指摘しました（『あすならう』明治二十九年）。

このことを覚えていた虚子は、以下のように露伴の思い出を記しています。

> 私が田舎に居る時分に、露伴に手紙を送つたことがあります。その中に俳句を書いて送りました。その俳句は
>
> 順礼の笠に影あるさくらかな
>
> といふのでありました。ところがその頃子規が露伴を谷中天王寺のほとりに訪ねたことがありましたが、その時露伴は私の手紙をとり出して「虚子といふ男が手紙をくれた中に俳句が書いてあつた。その俳句は
>
> 順礼の笠に願あるさくらかな
>
> といふのである。」と云つたさうであります。子規はそのことを私に話しました。私は影

といふ字を略して書いたのが、露伴には願と読めたものと見えます。私《ひそ》かに先輩として尊敬してゐた露伴が「順礼の笠に願あるさくらかな」と私の句を解して呉れたといふので、それ以来自分の句は願の方として今日に来て居ります。（略）

はじめ露伴の「風流仏」とか「対髑髏《たいどくろ》」とかいふものに接した時分には、その自由な空想の所産であるところに興味を覚えたのでありましたが、俳句を作るやうになつて、段々写生といふことに傾いて来て、必ずしも空想の所産を尚ばなくなり、写生といふ方面の興味が強くなつて今日に来ました。元来私の句の「順礼の笠に願あるさくらかな」といふ露伴の褒めてくれた句よりも、やはり元の「順礼の笠に影あるさくらかな」といふ句の方が本来の自分の句であり、又「ちやりり〳〵」といふよりも「ぢやらん〳〵」と云つた方が矢張り私の句であるかと考へるのであります。露伴が亡くなつて後に、その俳句を集めたものを見て、露伴の俳句の作り方は、私とは大分異つてゐることを明らかに致したのでありました。

（「耶馬渓俳話」「ホトトギス」昭和二十五年十月号）

これに反して鷗外は、俳句に関する限りは私等仲間の俳句の作者であつたと考へるのであります。

「露伴の俳句の作り方は、私とは大分異つてゐる」と虚子が言った通り、虚子が期待するような「写生」の妙味は、露伴の句には感じられません。露伴の句は、その句の字面だけ睨んでもさほど面白くはないのです。その点は龍之介や百閒《ひやっけん》と違います。露伴の場合、露伴という巨人の頭のてっぺんが俳句の世界にチラッと現れている。そう思って露伴の句を読むと、句の向こうに文人露伴の巨大な影がおぼろげに見えてくる。俳句にとって露伴はそんな存在です。

では、露伴にとって俳句は何だったのでしょうか。少年時代から俳書に親しんだ。青春の鬱屈を俳句に託した。小説の趣向に芭蕉の句を使った。身内を相手に自宅で俳諧を講じた。最晩年まで芭蕉の俳句の評釈を続けた。そして、膨大な仕事の合間を縫っての折々の句作。

俳句を精妙に仕上げる才において、露伴は龍之介の足元にも及びません。しかしその文人としての全人格を以て、作り手としてのみならず、読み手として俳句と向き合ったこと、さらに、俳句が家族との絆《きずな》になったことなども含めれば、露伴の俳句生活はとても充実し、幸せなものだったと思います。

〈尾崎紅葉〉の章――三十五歳の晩年

尾崎紅葉〔おざき・こうよう〕

一八六七（慶応三）年～一九〇三（明治三十六）年。江戸・芝生まれ。小説家。東大中退。在学中に硯友社を興し機関誌「我楽多文庫」を創刊。艶麗写実的な文章で口語文体を完成して圧倒的人気を得、文壇と出版界に君臨。硯友社から泉鏡花、小栗風葉、徳田秋声らの俊秀を輩出。代表作『金色夜叉』は資本主義の金権万能批判を意図した大作とされるが、早世により未完。俳句は紫吟社を領導し、結社「秋声会」で正岡子規の「日本派」に対抗。

混沌《こんとん》たる元日

『金色夜叉《こんじきやしや》』で有名な尾崎紅葉は俳人としても声望があり、秋声会の幹部でした。秋声会は、江戸時代以来の宗匠（旧派）に対抗して新しい俳句を目指した新派に属し、新派の中では正岡子規一派（「日本派」）とライバルの関係にありました。若くして大家となった紅葉は、毎年、新聞や雑誌に新春の句を寄稿しています。

瓦屋根浪も静に初日かな　紅葉

（「読売新聞」明治二十七年一月一日）

海辺の街に瓦屋根の家が連なる豊かな風景。その向こうに波静かな海。初日が照りわたる。

初春や思ふ事無き懐手　紅葉

（同）

初春。何も思うことはなく、懐手をしてたたずむ。

猿曳の猿を抱いたる日暮かな　紅葉

（「読売新聞」明治二十九年一月一日）

正月の興行を終えた猿回しが猿を抱いている。日暮です。

太はしの鶴にあやかる思あり　紅葉

（「太陽」明治三十二年一月一日）

正月に使うめでたい太箸。長寿の鶴のくちばしにあやかりたい。

波陰や魚の眼《まなこ》も玉の春　紅葉

（「国民新聞」明治三十六年一月一日）

波の陰に魚がいる。その眼のきらめきも正月ならではのめでたさだ。芭蕉《ばしょう》の「行春や鳥啼魚《なきうお》の目は泪《なみだ》」（『奥の細道』の千住での吟）を連想します。

これらの新春詠はどれも達者です。なかには「御代の春尾上の松を飾りけり」や「はつ空や大御心をさなからに」のような紋切型の句もあります。日清戦争の翌年には「臣は水海の外まで君か春」を「読売新聞」に寄稿しました。「君は舟臣は水」という中国の格言を踏まえ、君の威信が海外へ及ぶめでたい正月だというのです。そのような新春詠の中にあって次の句は異色です。

元日の混沌として暮れにけり　紅葉

（「太陽」明治三十一年一月一日）

この元日は何やら混沌として、すでに暮れてしまった。

紅葉はこの句を気に入っていたようです。明治三十二年と明治三十六年の年頭詠にもこの句を使い、秋声会の選集『俳諧新潮』にも採録しています。

「混沌」とは正月らしからぬ句です。正月らしい句といえば、たとえば次のような。

元日や一系の天子不二の山　内藤鳴雪

鳴雪は伊予松山藩士で同郷の正岡子規や高浜虚子などを後見した人物です。鳴雪の句と対照的に「元日の混沌として」は不可解かつ不景気です。紅葉はなぜこんな句を詠んだのでしょうか。当時の紅葉はヒット作の『金色夜叉』を連載中で、文業ますます盛んでした。この句に紅葉の実人生を投影することは難しそうです。元日付の雑誌の新春詠の依頼に応じて詠んだ句ですから、じっさいに元日に詠んだわけではない。元日に先立つ年末の或る時期に詠んだ句です。その時点でふと「混沌」を感じたのかもしれない。あるいは「混沌」という場違いな形容を、たんに面白がっているだけかもしれない。

「混沌」という言葉はこの句の一年前、『金色夜叉』の初回の冒頭近く「九重《きゆうちよう》の天、八際《はつさい》の地、始めて混沌の境を出でたりと雖《いえど》も、万物未《いま》だ尽《ことごと》く化生《かせい》せず、風は試《こころみ》に吹き、星は新に輝ける一大荒原」という一節に見られます。一月三日の夜、敵役の富山《とみやま》が歌留多の会に現れ、お宮と出会う。波乱の予兆のような情景描写に「混沌」という言葉が使われました。

泣いて行くウヱルテルに逢《あ》ふ朧《おぼろかな》哉　紅葉
（「卯杖《うづえ》」第三号、明治三十六年三月二十五日）

朧夜に泣きながら行く青年。彼はゲーテの小説の主人公のウェルテルだというのです。三十五歳の紅葉が胃癌《いがん》を告知されたのはこの年の三月。それを知ると「ウヱルテル」が紅葉に見えます。しかしそれは読者の勝手な想像かもしれない。日記によると紅葉は前年三月に『若きウェルテルの悩み』を読んでいます。紅葉はただ、ゲーテを俳句にして得意がっているのかもしれません。

改作

面白いことに、紅葉が胃癌の闘病中に編んだ『俳諧新潮』では、「元日の混沌として暮れにけり」が次のように改作されています。

混沌として元日の暮れにけり　紅葉

「元日の混沌として暮れにけり」のほうが句意は明瞭です。元日なのに混沌として、いつしか日が暮れてしまった。「元日の／混沌として／暮れにけり」は各文節の音数がぴったり五七五です。句形が美しい。

「混沌として元日の暮れにけり」は「元日」と「混沌」を上下入れ替えました。こう変えると句の意味が変わります。混沌としているのは元日だけではない。世情や身辺が混沌とした中、元日も暮れてしまった。各音節の音数は「混沌として／元日の／暮れにけり」の七五五。五七五とずれている。改作の結果、句意の明瞭さと句形の美しさは減じます。そのかわり「混沌」が強調されます。高浜虚子の句にこんな改作があります。

改作前　**冬ざれの石に腰かけ今孤独**　**虚子**　（「玉藻」昭和二十六年二月号）
改作後　**冬ざれや石に腰かけ我孤独**　（「ホトトギス」昭和二十六年十一月号）

「今孤独」は今だけ孤独。「我孤独」は、我が我であるかぎりずっと孤独。改作によって孤独が深まりました。紅葉の句も改作によって混沌が深まりました。

田山花袋《かたい》は、「文章に対する苦心は惨憺たるものであつた。言葉の選択、辞句の排列、形容詞の配置など、かれほど文章に努力したものはないとさへ言はれた」（『尾崎紅葉とその作品』）と紅葉を評しました。それほど修辞に凝る紅葉が「混沌」と「元日」の語順を変えたのです。

この改作はいつ行われたのでしょうか。明治三十六年の年頭詠は「元日の混沌として」でした。改作はそれ以降、『俳諧新潮』の編纂《へんさん》が完了する同年秋までに行われたと推察します。

明治三十六年の紅葉

紅葉は明治三十六年十月三十日、胃癌のため三十五歳で死去。明治三十六年は紅葉の晩年でした。検査入院中の三月十日、医師から「もしも胃癌だったら危険を冒して切開手術を受けるか」と問われ、次のように記しています。

若《も》し手術効を奏せずして、そのまゝ殪《たお》るゝならば、予の殪るゝにあらずして、予が妻と四人の子と老祖父と、猶算し来らば、両三の併せて殪るゝ者有るのである。（略）噫《ああ》、予は死の宣告を受けたのではあるまい乎？　切開を避れば、病の為に早晩斃《たお》れねばならぬ。進んで手術台上に身を置けば、命を賭さねばならぬのである。

（『病骨録』）

三月十六日「秋山氏の言に感じて泣く」とあります。この言とは「貴君が死に近いなら、これから死ぬまでが最も楽しい日々だ。なぜなら、死病を宣告されたということはもはや死んだ身である。死んだ身でありながら生きている。この世での務めはもう終えたのだ。したいことは何でもできるはずだ。一生のうちこれほどの歓楽の日々は他にあろうか」（現代語訳）というものでした。胃癌を告知された紅葉にとって、この言葉は涙が出るほど有難かったのでしょう。

六月四日、見舞客とこんな話をしています。紅葉「デスクが欲しいが高価だ。いつまで生きるかわからないから買わない」。見舞客「七十歳の知人が接木をするのは、木の成長ではなく接木そのものが楽しいからだ。デスクに一日よりかかって心を遣《や》れれば十分ではないか。いつまで生きるかわからないのは君だけではない」。紅葉「朝に机を買ひて、夕に死すとも可なる者乎」。

七月六日、腹部の激痛が始まる。七月九日「予は此死に導れて後、天国に登り、極楽に行かんことを企図せず、寂然として眠れば足れりと為す者也」と記しています。

十月一日「七月から今日までの三月間は、決して生存して居るのではなくて、死損なつて居ると謂ふのが至当である」と記しています。

病苦の下、紅葉は著作の刊行を急ぎます。『俳諧新潮』は九月十九日刊。それに先立つ六、七月は版元の冨山房と頻繁に連絡をとっています。六月四日「療治中富山房店員来り、絹短冊扇面各一を賫《もたら》し、俳諧新潮のフロントピイスに用ゆべき題句の揮灑《きしや》を需《もと》む」。六月十八日「富山房より俳諧新潮のボオダア彫刻見本」。六月二十五日「午後米斎子より新潮表画出来」。六月二十七日「富山房古郡より新潮表紙ニツキ問合の書状使持参」。七月三日「午前古郡氏来訪新潮口絵校合摺持参」などと日記にあります。その頃、紀行文『煙霞《えんか》療養』の校正も行いました。その中に引いた自作「宿を引く夏鶯よ人も来ず」を「宿ひきの夏鶯よ人も来ず」に直していま す（『紅葉全集』第十一巻解題、岩波書店）。「山中に人を招くように夏鶯が鳴く。しかし険阻なため誰も来ない」という意味の句で、「宿ひき」という熟語を使うと句意がはっきりします。

胃癌で死を意識した後も、紅葉は俳句の措辞にこだわりました。「元日の混沌として暮れにけり」を「混沌として元日の暮れにけり」に改作すると、元日のめでたさを押し殺すように「混沌」が一句にかぶさります。改作の結果、この句は三十五歳の晩年を象徴するような作品になりました。

勝手な想像ですが、遊び心で詠んだ「元日の混沌として暮れにけり」という句が、やがて自分の気持の受け皿のように思えて来た。そこでもう一歩踏み込んで「混沌として」を句頭に据え、そこに思い乱れる心境を託したのかもしれません。

遠山に日の当りたる枯野かな　高浜虚子

この句は虚子が二十六歳のとき、句会の席題で詠んだ句です。虚子は八十四歳のとき、この句について次のように語っています。

唯、遠山に日が当つてをる。

私はかういふ景色が好きである。

わが人世は概ね日の当らぬ枯野の如きものであつてもよい。寧ろそれを希望する。たゞ遠山の端に日の当つてをる事によつて、心は平らかだ。

烈日の輝きわたつてをる如き人世も好ましくない事はない。が、煩はしい。遠山の端に日の当つてをる静かな景色、それは私の望む人世である。

（『虚子俳話』）

過去に詠んだ句が、後年になって自分の気持に寄り添ってくることがあります。虚子の「遠山」がそうでした。紅葉の「混沌として」はどうだったのでしょうか。

さらなる推敲《すいこう》の可能性

死を間近にした紅葉がこの「元日」の句をさらに推敲した可能性があります。『俳諧新潮』の表紙絵を描いた画家の久保田米斎に紅葉が贈呈した『俳諧新潮』が残っています。そこに書き込みがあって「暮れにけり」の「り」を「る」に直してあるのです。これが紅葉自身による意図的な推敲だとすると、どのような意味があるのでしょうか。「けり」を「ける」に直すと句末の切れが鈍くなります。「混沌として」というくらいですから、鋭く「けり」で切るような句ではない。句末の切れが弱まると、句頭の「混沌」が強調されます。そう考えると「暮れにける」のほうが作者の気持に叶《かな》っているように思われます。

細部へのこだわりは、仲間の句にも向けられました。『俳諧新潮』に収録した盟友角田竹冷《つのだちくれい》の「年男やたら寒がる額かな」の「額」を、手書きで「男」に直してあるのです。「年男やたら寒がる額かな」は、めでたい年男のくせに額が寒い（禿《は》げ上がった？）とは情けない奴《やつ》だという意味です。「年男やたら寒がる男かな」にすると「額」という細部は捨象されます。そのかわり、やたらに寒がる意気地のなさそうな「男」が現れます。なお、大正九年刊の『竹冷句鈔』では「額」のままでした。竹冷は紅葉の添削案を見なかったのか、あるいは採用しなかったのか。

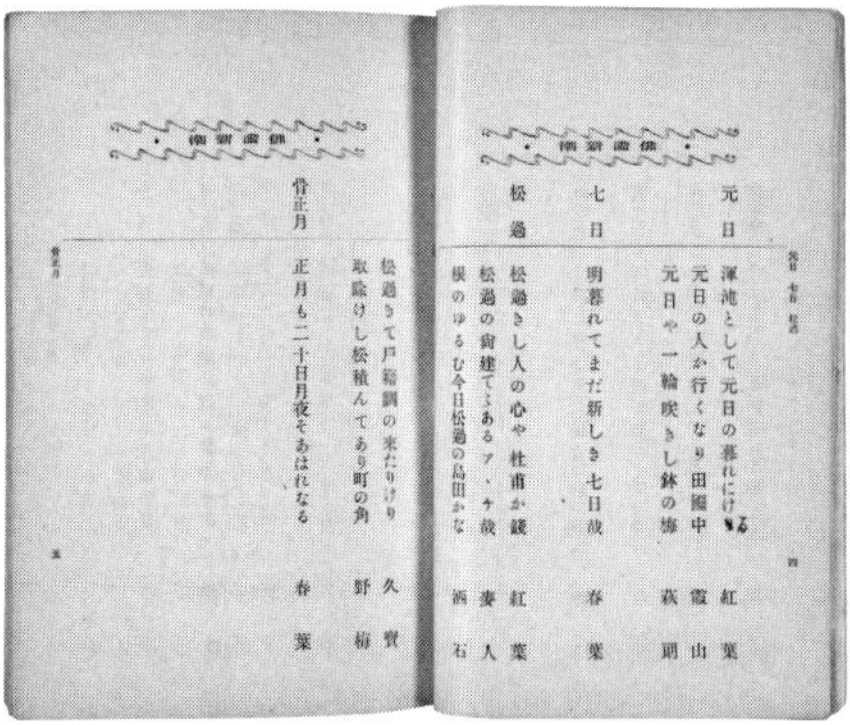
俳諧新潮

元日

渾沌として元日の暮れにける　紅葉
元日の人か行くなり田圃中　霞山
元日や一輪咲きし鉢の梅　萩朗

七日

明暮れてまだ新しき七日哉　春葉

松過

松過ぎし人の心や杜甫か鍛　紅葉
松過の街建てゝあるア、チ哉　麦人
根のゆるむ今日松過の島田かな　洒石

四

松過ぎて戸籍調の来たりけり　久賓
取除けし松積んであり町の角　野梅

骨正月

正月も二十日月夜そあはれなる　春葉

五

『俳諧新潮』の紅葉の句を手書きで直した箇所（山梨大学附属図書館近代文学文庫所蔵）

「晩年」の日常

莫児比涅《モルヒネ》の量増せ月の今宵也　紅葉

死の三週間ほど前の十月五日、紅葉は泉鏡花らと観月の宴《うたげ》を催しました。日記にはモルヒネのために咽喉が渇くとあります。この日は朝から不調でした。句会の席題「露、虫、月など」を課した後、午後十時半から一時間ほど仮眠。仮眠後は復調し、句を詠み、鰹《かつお》の刺身を食べ、午前三時半にチョコレート入りの牛乳を一合。翌朝四時半帰宅。五時半一同散会。紅葉は夜を徹して門下と句会を催し、談笑していたのです。

正岡子規も病身ながら弟子と句座をともにしました。紅葉の日記に「子規随筆でも仰臥三年でも、皆モルヒネの効能を説いて居る」とあります。

このごろはモルヒネを飲んでから写生をやるのが何よりの楽しみとなつて居る。

（『病牀《びょうしょう》六尺』明治三十五年八月六日付）

もう一か所『病牀六尺』から拾います。

朝六時睡〔ねむり〕覚《さ》む。蚊帳はづさせ雨戸あけさせて新聞を見る。玉利博士の西洋梨の話待ち兼ねて読む。印度《インド》仙人談完結す。二時間ほど睡《ねむ》る。九時頃便通後やや苦しく例に依《よ》りて麻《ま》痺剤《ひざい》を服す。薬いまだ利かざるに既に心愉快になる。この時老母に新聞読みてもらふて聞く。振仮名をたよりにつまづきながら他愛もなき講談の筆記抔《など》を読まるるを、我は心を静めて聞きみ聞かずみうとうととなる時は一日中の最も楽しき時なり。牛乳一合、麵包《パン》すこし。胡桃《くるみ》と蚕豆《そらまめ》の古きものありとて出しけるを四、五箇づつ並べて菓物帖に写生す。午飯、卯《う》の花鮓《はなずし》。豆腐滓《かす》に魚肉をすりまぜたるなりとぞ。

（明治三十五年七月三十一日付）

以下は紅葉の日記（明治三十六年六月二十四日）です。

九時起。枕上不曲子はがき、曇。十時過る比《ころ》驟《しゅう》雨来る。◯清水澄氏来訪、秋香子来る、不遇。石見　夕風よりはがき。食後便通有り。されど余屎有り腹張りて苦し。午後晴れて日曒《きょう》也。一時過益床に趣く。秋声来待つ。ノオトルダム草稿を托す。午後飯人より封書。久我氏よりはがき。夕風よりクズナ（甘鯛《あまだい》）の生干五枚及鯛子乾干小包にて来る。中食は干饂飩茶わんむし。スウプ、西洋菓子一ツ、梅干一つ。

紅葉と子規はともに慶応三年生まれ。子規は紅葉より一年早く、明治三十五年九月に亡くなりました。享年は子規三十四歳、紅葉三十五歳。ともに食事や便通を含む「晩年」の日常を随筆や日記にたんたんと記しました。

かけろふの生きて涼しき夕哉　紅葉

カゲロウのように明日の知れぬ我が身だが、今は生きて夕方の涼味を楽しんでいる。紅葉は八月六日付の書簡に「一昨日医師参り病勢頗《すこぶ》る増進の模様なれば打明けた処御覚悟有るべきとやうに申候へども拙生胸裏にはまだその消息は御坐なくこれから庭に水打ちアイスクリーム啜るを楽みにいたし居候（略）今日も生延び申候明日の事測り難し」と記し、この句を添えました。

我痩もめやすき程そ初袷　紅葉

「体量十貫目といへるに」と詞書《ことばがき》。体重を測ったら四十キロ弱。まだ見苦しくはないほどの痩せ具合だ。そんな体に初袷を着る季節（初夏）がやって来た、というのです。

死なば秋露のひぬ間ぞ面白き　紅葉

死ぬなら秋。露の乾かない朝のうちなら愉快だろう、というのです。辞世風ですが、句柄はカラッとしています。

子規も逝去の年に「病床の我に露ちる思ひあり」と詠みました。「丁堂和尚より南岳の百花画巻をもらひて朝夕手を放さず」と詞書があり、画中の草花の露が病床の自分に散りかかるようだ、というのです。そのうえで露が儚《はかな》さの象徴だとすれば、自分の命は露のようにいつ散るかわからない。絵に興じながら、病人の気持を鋭く表出した句です。

床すれや長夜のうつゝ砥に似たり　紅葉

秋の夜長、床ずれが痛んで砥石《といし》に研がれるようだ。格調高く病苦を訴えた句です。

秋の蠅寝顔踏まへて遊ぶなり　紅葉

秋の蠅が我が顔を踏んで遊ぶことよ。蠅にも侮られる病人の悲しさ。子規の『仰臥漫録』にある「秋の蠅殺せども猶尽きぬかな」「秋の蠅追へばまた来る叩けば死ぬ」「秋の蠅叩き殺せと命じけり」「秋の蠅蠅たたき皆破れたり」は直截《ちょくせつ》な写実の中に巧まざる滑稽味があります。紅葉の「寝顔踏まへて遊ぶなり」は滑稽ながら語り口に雅趣と余裕があります。

斎藤松洲画の画讃として紅葉が句を書き添えたもの
（東京都立中央図書館特別文庫室所蔵）

絶筆

寒詣翔るちん〳〵千鳥かな　紅葉

紅葉の絶筆は死の八日前の吟。『俳諧新潮』のカバー絵を描いた画家斎藤松洲《しょうしゅう》の絵の讃《さん》として詠んだ句です。寒詣は、寒中夜毎に寺社に参詣すること。画中の男の手には提灯《ちょうちん》と鈴。飛ぶように駆ける男とチンチンという鈴の音を受けて「翔るちん〳〵千鳥かな」と詠みました。「ちん〳〵」は千鳥の声の形容ですが、男女の深い仲も意味します（山口仲美『ちんちん千鳥のなく声は』）。だとすると、画中の男は寒詣と称して女のもとへ急いでいるのです。

子規の絶筆の「糸瓜《へちま》咲《さい》て痰《たん》のつまりし仏かな」（糸瓜が咲いている。自分はもうすぐ喉に痰を詰まらせた仏になるのだ）は凄絶な自己客観化です。対する紅葉の絶筆は遊び心のある画讃です。紅葉は最後まで洒脱《しゃだつ》さとサービス精神を発揮し続けました。

紅葉は、選句はビジネスであって文士の仕事ではないと諫《いさ》める人に対し、「然れど予は半面ビジネスを喜ぶもの、又之が為に労するを覚えざる也」と応じました。紅葉は根っから俳句が好きだったのです。

「混沌として元日の暮れにけり」と詠んだ三十五歳の紅葉に、元日は二度とやって来ませんでした。

附記　『金色夜叉』中の「混沌」の用例や、『俳諧新潮』の久保田米斎への寄贈本などについては、馬場美佳氏よりご教示いただきました。

〈泉鏡花〉の章――鏡花的世界の精巧なミニチュア

泉鏡花〔いずみ・きょうか〕

一八七三（明治六）年～一九三九（昭和十四）年。石川県金沢生まれ。小説家。父は彫金の名人、母は能楽師の家系。尾崎紅葉の門下生。紅葉・露伴後の文壇に独自の位置を確立し、観念小説から浪漫的な作風に転じて、明治・大正・昭和を通じて独自の幻想的、神秘的文学を展開。『義血俠血』『照葉狂言《てりはきょうげん》』『高野聖《こうやひじり》』『歌行灯《うたあんどん》』『婦系図《おんなけいず》』『天守物語』などの代表作は新派劇をはじめ、劇化や映画化されているものも多い。俳句も紅葉の門下。

人とる沼

わが恋は人とる沼の花菖蒲《はなあやめ》　鏡花

魅入られた人を取り込む魔性の沼。その沼の精のような花菖蒲に恋をした、というのです。

池や沼の魔性を、鏡花は好んで描きました。『竜潭譚《りゅうたんだん》』の主人公は母を亡くした幼い男の子。逢魔《おうま》が時《とき》といわれる日暮、主人公は沼辺の蘆《あし》の中で転倒し、気を失う。異界に迷い込んだのです。気がつくと、沼の主とおぼしき美女が現れて介抱し、添い寝して乳を吸わせる。男の子は亡母のように女を慕いますが、やがて現世に戻る。舟に乗せられ、女と別れる場面が美しい。

> 箕《み》の形したる大《おおい》なる沼は、汀《［みぎわ］》の蘆と、松の木と、建札と、その傍《かたわら》なるうつくしき人ともろともに緩き環《［わ］》を描いて廻転《［かいてん］》し、はじめは徐《おもむ》ろにまわりしが、あとあと急になり、疾《はや》くなりつ、くるくるくると次第にこまかくまわるまわる、わが顔と一尺ばかりへだたりたる、まぢかき処《［ところ］》に松の木にすがりて見えたまえる、とばかりありて眼《［め］》の前《さき》にうつくしき顔の臈《ろう》たけたるが莞爾《にっこ》とあでやかに笑みたまいしが、そののちは見えざりき。

家に戻った男の子は「さらはれものの、気狂《きちがい》の、狐《［きつね］》つき」として邪慳《じゃけん》にされますが、姉の信心により正気に戻る。この男の子には、九歳で母と死別した鏡花の面影があります。

『沼夫人』は、白骨となって沼に沈んでいた、或《あ》る夫人の霊との因縁話。主人公の小松原は魅入られたように沼で夫人と出会い、遭難します。

背撓《せなた》み、胸の反るまで、影を飲み光を吸うよう、二つ三つ息を引くと、見る見る衣《きぬ》の上へ膚《はだえ》が透き、真白な乳《ち》が膨らむは、輝く玉が入ると見えて、肩を伝い、腕《かいな》を繞《めぐ》り、遍《あまね》く身内の血と一所に、月の光が行通れば、晃々《きらきら》と裳《もすそ》が揺れて、両の足の爪先に、美い綾が立ち、月が小波《ささなみ》を渡るように、滑かに襞積《ひだ》を打った。

啊呀《あなや》と思うと、自分の足は、草も土も踏んではおらず、沼の中なる水の上。

今はこうと、まだ消え果てぬ夫人に縋《すが》ると、靡《なび》くや黒髪、潑《ぱっ》と薫って、冷く、涼く、たらたらと腕に掛る。

なお、鏡花の研究者は「わが恋は」の句はこの『沼夫人』を念頭に置いたものだと指摘しています（秋山稔編『泉鏡花俳句集』）。

『眉かくしの霊』では、「桔梗《ききよう》ヶ池の奥様」と呼ばれる魔物の姿が次のように語られます。

白い桔梗でへりを取った百畳敷ばかりの真青な池が、と見ますと、その汀、ものの二……三……十間とはない処に……お一人、何ともおうつくしい御婦人が、鏡台を置いて、斜に向って、お化粧をなさっていらっしゃいました。

お髪《ぐし》がどうやら、お召ものが何やら、一目見ました、その時の凄《すご》さ、可恐《おそろし》さと言ってはございません。唯今思出しましても御酒《ごしゅ》が氷になって胸へ沁《し》みます。慄然《ぞっと》します。

西洋にセイレーン、ローレライなどがありますが、鏡花の怪異譚にも水妖風の美女が登場します。「わが恋は人とる沼の花菖蒲」は、鏡花的世界のミニチュアのような可憐《かれん》な一句です。

人形

山姫やすゝきの中の京人形　鏡花

山姫は山をつかさどる女神。または植物のアケビ。アケビと解するとアケビやススキの中に打ち捨てられた京人形とも読めますが、『天守物語』の富姫や『夜叉が池』の白雪姫を創った鏡花の句ですから、山姫は山の神と解したい。

山姫と京人形はどんな関係でしょうか。京人形は山姫の玩具か憑代《よりしろ》か。山姫に魅入られ、祟《たた》られた人間が人形に変えられたのでしょうか。

鏡花の作品には人形がよく登場します。初期の探偵物の『活人形《いきにんぎょう》』では、名家の乗っ取りを企てる悪人の手に落ちた令嬢が、家に伝わる古い人形に語りかけます。――人形や、よくお聞き。お前はね、死亡《おなくなり》遊ばした母様《おつかさん》に、よく顔が肖《に》ておいでだから、平常《いつも》姉様《ねえさん》と二人して、可愛《かわい》がってあげたのに、今こんな身になっているのを、見ていながら、助けてくれないのは情ないねえ、怨《うら》めしいよ――この作品では、人形が悪人を威嚇したり、令嬢の身代りとなって悪人に傷つけられたりします。探偵物ですから心霊現象ではなく、トリックです。

花柳界を描いた『日本橋』でも京人形は重要なアイテムです。主人公の葛木《かつらぎ》は若い医学士。幼い頃、美しい姉は人の妾《めかけ》となって出て行ったのです。


　一重桜の枝を持って、袖で抱くようにした京人形、私たち妹も、物心覚えてから、姉に肖ている、姉さんだ姉さんだと云《い》い云いしたのが、寂しくその蜜柑《みかん》箱《ばこ》に立っていた。

　それをね、姿見を見る形に、姉が顔を合せると、そこへ雪明りが映《さ》して蒼《あお》くなるように思ったよ。姉が熟《じっ》と視《なが》めていたが、何と思ったか、栄螺《さざえ》と蛤《はまぐり》を旧《もと》へ直すと、入かわりに壇へ飾ったその人形を取って、俎《まないた》の上へ乗せたっけ……


弟や妹のために人の囲い者になることを決意した姉は、我が身を呪うように、京人形を俎に乗せました。その京人形を、葛木は大切に持ち続けている。

葛木は姉に似た清葉《きよは》という芸者に恋慕します。清葉は葛木の姉と同様、主《あるじ》を持つ身でした。

葛木を拒む清葉。その心底では「色でも恋でもない人に、立てる操は操でないのよ。……一人に買われる玩弄品《おもちゃ》です。大人の手に遊ばれる姉さま人形も同じ事」だと嘆く。

『活人形』では母、『日本橋』では姉の身代りである人形ですが、逆に、人が人形のかわりだという作品があります。怪異譚風の短編の『菊《きく》あわせ』です。

主人公は画工。幼時、近所に美しい娘（お奇駒、お銀）がいて、幼い主人公を「なめたり、吸ったり、負《おぶ》ってふりまわしたり」して可愛がってくれた。やがて彼女たちは「他国の土」となったり、「魔に攫《さら》われたように」行方が知れなくなったりした。娘たちが主人公を可愛がったことは、「人形が持てなかった、そのかわりだと思えば宜しい」と、当時を知る僧は言うのです。

成人した主人公は「お奇駒さんの、その婀娜《あだ》なのと、もう一人の、お銀さんの、品よく澄んで寂しいのと、二人を合わせたような美しさ」を持った女を見かけ、魅入られる。その女を三度目に見たとき怪異が起こります。いつもは子供を負ぶっている女がネンネコを脱いで現われ、「子どもに用はないでしょう」と微笑《ほほえ》み、誘う。主人公は「菩薩《ぼさつ》と存じます、魔と思います」と女に抱きつくが、女を見失う。追ってゆくと、女は再び子供を負ぶっている。子供の顔は「無精鬚《ぶしょうひげ》を生《はや》した、まずい、おやじの私（主人公。引用者注）の面《つら》」になっていた。

人形のかわりに幼い主人公を抱いた薄幸な娘たちと、彼女らの人形であった主人公との愛執が因縁となり、魔を呼んだのでしょうか。

「山姫やすゝきの中の京人形」が見せるのは、淋《さび》しげな山姫と、山の中に打ち捨てられた京人形との構図です。正面からの解釈を拒むこの句は、鏡花の小説に現れる一種荒涼とした、不毛な情愛を思わせます。余談ですが、鑑賞で触れた『天守物語』『夜叉が池』『日本橋』は坂東玉三郎の主演で歌舞伎や映画になっています。

かねつけとんぼ

行灯にかねつけとんぼ来たりけり　鏡花

「かねつけとんぼ」はお歯黒蜻蛉《とんぼ》の別名。夏、清流の近くをひらひら飛ぶ黒い蜻蛉です。

納涼怪談風の『露萩《つゆはぎ》』にこんな場面があります。百物語のため行灯をともし、塔婆《とば》を置き、幽霊の絵を掛けた座敷に突然、かねつけ蜻蛉が現われる。

六畳の真中の、耳盥《みみだらい》から湧くように、ひらひらと黒い影が、鉄漿壺〔おはぐろつぼ〕を上下《うえした》に二三度伝った。黒蜻蛉である。かねつけ蜻蛉が、ふわふわと、その時立ったが、蚊帳に、ひき誘われたようにふわりと寄ると、思いなしか、中すいて、塔婆に映って、白粉《おしろい》をちらりと染めると、唇かと見えて、すっと糸を引くように、櫺子《れんじ》の丸窓を竹深く消えたのである。

幽霊の掛軸は、直線を引いて並んだ。行灯の左右のこの二人の位置からは見えない。が、白い顔の動いたような気勢《けはい》がした。

百物語に参じた新興宗派の僧が、塔婆の切れ端を犬に投げ与えたり、塔婆を抱いて寝ようと暴言を吐いたりしたため、異変が起こります。僧は、暴言を咎《とが》めた男と刃傷沙汰を起こし、指を切り落とされる。塔婆を咥《くわ》えた犬は大池のほとりで死んでいたのです。

だらりと垂れた舌から、黒い血、いや、黒蛇《くろくちなわ》を吐いたと思って、声を立てたが、それは顋《あご》のまわりをかけて、まっすぐに小草に並んで、羽を休めたおはぐろ蜻蛉の群であった。

（略）ああ、また黒蛇の大《おおき》なのが、ずるりと一条《ひとすじ》。色をかえて、人あしの橋に乱るるともに、低く包んだ朝霧を浮いて、ひらひらと散ったのは、黒い羽にふわふわと皆その霧を被《かぶ》った幾十百ともない、おびただしい、おなじかねつけ蜻蛉であった。

触ったもの。ただ見ただけでさえ女たちは、どッと煩《わず》らった。

大池に投身した女の塔婆を辱めた僧と犬が崇られたというだけの話ですが、かねつけ蜻蛉が詩情を添えています。「行灯にかねつけとんぼ来たりけり」はふつうに読むと、夏の夜の涼しげな景。しかし、ひとたび鏡花の句と思うと、怪談の入口のように思えます。

遣手《やりて》

鏡花には、活劇風の冒険譚など、怪異を伴わない作品も多々あります。新派演劇でおなじみの『婦系図』や『日本橋』などに描かれた花柳界の情緒もまた鏡花俳句の一面です。

雪ぢやとて遣手が古き頭巾かな　鏡花
鳥叫《とさけ》びて千鳥を起す遣手かな

遣手とは妓楼《ぎろう》を切り回す年配の女。「古き頭巾」はしみったれた感じでしょうか。「鳥叫《とさけび》」は「鷹師《たかし》がそれた鷹を呼ぶこと、狩人が大声で鳥を追い立てること」（『広辞苑』）。遣手が「千鳥さん、いつまで寝てるの」と遊女を起こしているのでしょう。千鳥（チドリ科の鳥）が冬の季語です。

助六を夜寒の狸おもへらく　鏡花

「やぼがよし原に参り候」と詞書《ことばがき》があります。狸に喩《たと》えられる野暮な男が、芝居で観《み》た助六のことを思い描いているのでしょうか。

猪《いのしし》やてんてれつくてんてれつくと　鏡花

狩の対象としての猪は冬の季語。「てれつく」はお囃子《はやし》の太鼓の音。この句、一体何のことだか。『日本橋』にこんなくだりがあります。

かつて山から出て来た猪《しし》が、年の若さの向う不見《みず》、この女に恋をして、座敷で逢えぬ懐《ふと》中《ころ》の寂しさに、夜更けて滝の家［や］の前を可懐《なつか》しげに通る、とそこに、鍋焼が居た。荷の陰で引飲《ひっか》けながら、フトその見事な白壁を見て、その蔵は？

「滝の家で。」

「たきの家？」

「へい、清葉姉さんの家《うち》でげすよ。」

や、これを聞くと、雲を霞［かすみ］と河岸へ遁《に》げた。しかも霜冴えて星の凍《い》てたる夜《よ》に、その猪が下宿屋の戸棚には、襲《かさ》ねる衾《ふすま》も無かったのであった。

ここでは、芸者に恋をした山出しの男を「猪」と称しています。だとすると「猪やてんてれつくてんてれつくと」は、猪ならぬ田舎者がお座敷で浮かれている、あるいは、お座敷の賑《にぎ》わいに耳をそばだてているのでしょうか。

「やぼがよし原に参り候」と記した鏡花自身はどうだったのか。何かにつけてこだわりが強く、やたらと潔癖だった鏡花のキャラクターを、東京っ子の三島由紀夫は「江戸文化に耽溺した金沢人のマニヤックな北方的性格」「ロンドンでも、本当のイギリス人よりもっと小むつかしい典型的なイギリス人は、実は帰化人であることが少くない。都会の根生《ねば》えの人間はもっと恬淡であるだけに、かえってその都会独特の文化的創造に与らない」（『日本の文学4』解説）と評しています。

洒脱《しやだつ》な句の数々

春浅し梅様まゐる雪をんな　鏡花

梅様宛、雪女から、という手紙。ようするに梅に雪が降ったのです。『薄紅梅』という晩年の作品に、雪を雪女郎と称した一節があります。

昨夜《ゆうべ》、宵のしとしと雨が、初夜過ぎに一度どっと大降りになって、それが留《や》むと、陽気もぽっと、近頃での春らしかったが、夜半《よなか》に寂然《しん》と何の音もなくなると、うっすりと月が朧《おぼろ》に映すように、大路、小路、露地や、背戸や、竹垣、生垣、妻戸、折戸に、密《そっ》と、人目を忍んで寄添う風情に、都振《みやこぶり》なる雪女郎の姿が、寒くば絹綿を、と柳に囁《ささや》き、冷い梅の莟《つぼみ》はもとより、行倒れた片輪車、掃溜《はきだめ》の破筵《やれむしろ》までも、肌すく白い袖で抱いたのである。

梅に雪を詠んだ洒脱な句です。いっぽう次の句は雪女郎の絵姿。

結綿に蓑きて白し雪女郎　鏡花

「結綿」は未婚の若い女性の髪形。雪女郎が白いのは当たり前のように思えますが、「白し」に力があります。この句もそうですが、鏡花の色彩表現には見るべきものがあります。

音冴えて羽根の羽白し松の風　鏡花
雲白し山蔭の田の紅蓮華
河骨やあをい目高がつゝと行く
花二つ紫陽花青き月夜かな
常夏に雨はら〳〵と白い蝶
百合白く雨の裏山暮れにけり

一見当たり前のような「白し」や「青き」に実感があります。以下、いくつか佳品を引きます。

苫船か苫屋か宵の遠蛙　鏡花

或る宵、ゆくてに苫が見える。小屋だろうか、船だろうか。遠く蛙（春）が鳴いている。

蟹の目の巌間に窪む極暑かな　鏡花

真夏、岩の間に蟹（夏）がいる。ふと蟹の眼が引っ込んだ。微細な観察。

姥巫女が梟抱いて通りけり　鏡花

年老いた巫女が梟（冬）を抱いて歩いてゆく。神さびた、いくぶんあやしげな景。

鵺《ぬえ》の額かゝる霙の峰の堂　鏡花

霙降る峰の堂に掛かる額の絵が、妖獣の鵺であった。

桑の実のうれける枝をやまかゞし　鏡花

赤く熟れた桑の実と、ヤマカガシの毒々しい色。野趣のある夏の一景。

十六夜《いざよい》やゆうべにおなじ女郎花《おみなえし》　鏡花

昨夜の十五夜と同じように、十六夜の月に照らされた女郎花。「十六夜のきのふともなく照しけり」（十六夜の月が昨日の十五夜と同じように照らしている）は俳人阿波野青畝《せいほ》の吟です。

路傍《みちばた》の石に夕日や枯れすゝき　鏡花

何気ない冬の野道の夕景です。

日あたりや蜜柑の畑の冬椿　鏡花

蜜柑のよく育つ温暖な地方の風光を感じさせます。

川添や酒屋とうふ屋時雨《しぐ》れつゝ　鏡花

川添の飴屋油屋時雨けり

川沿いの町筋に時雨（冬）が降っている。この二句には繊細な配慮が感じられます。

店の組み合わせは、一句目が酒屋と豆腐屋。二句目が飴屋と油屋。アメ、アブラのアの反復が心地よい。飴屋豆腐屋、酒屋油屋ではよろしくない。

文体についても「川添や……時雨つゝ」と「川添の……時雨けり」を使い分けています。「時雨つゝ」より「時雨けり」のほうが調子が重い。その重い調子に合うのは、サカヤトウフヤではなく、ねっとりとしたアメヤアブラヤです。

能の面影

鏡花の代表作の一つ『歌行灯』は能を素材にしたもの。従弟《いとこ》に宝生流の能楽師の松本長《ながし》がいました。長は高浜虚子門で俳句を嗜《たしな》み、長の子のたかしは俳人として大成しました。長の「老女とはかゝる姿の枯芙蓉」は老女物の風情です。鏡花にも能を思わせる句があります。

打ちみだれ片乳《かたちち》白き砧《きぬた》かな　鏡花

「砧」は木槌《きづち》で打って布を柔らかくする秋の夜なべ仕事です。「碪《きぬた》打て我にきかせよや坊が妻　芭蕉《ばしょう》」とあるように、砧を打つのは宿坊のおかみさんのような庶民。「後家がうつ艶《えん》な砧に惚《ほ》れて過ぐ　高浜虚子」もありますが、「後家がうつ艶な砧」も乱れるほどではない。

能『砧』（国立能楽堂2004年10月10日、シテ／粟谷明生）　撮影／石田裕

「打ちみだれ」といえば、能の『砧』です。シテは名ある家の奥方。訴訟で上京したまま帰ってこない夫を恨み、中国の故事に倣って砧を打つ。

　いざ〳〵砧うたんとて。馴れて臥《ふす》ゐの床《とこ》の上。涙かたしく小《さ》筵《むしろ》に。思をのぶる便ぞと。夕霧立ちより諸共に。怨の砧。うつとかや。

侍女の名の夕霧は、霧たちのぼる秋の夕暮という趣です。奥方ですから片乳を見せたりはしない。「片乳白き」は、『砧』の上に、あられもない狂女の面影をかぶせた鏡花の趣向です。夫を恨みつつ亡くなった奥方は妄執のため地獄に堕《お》ち、能の後半、亡霊になって現れます。

　やすからざりし報の罪の。乱るゝ心のいとせめて。獄卒《ごくそつ》阿《あ》防《ほう》羅《ら》刹《せつ》の。笞《しもと》の数の隙《ひま》もなく。うてや〳〵と。報の砧。怨めしかりける。

シテは砧を打つとき片袖を脱ぐ。それが「片乳白き」にも見えます（写真）。片乳白き女は、「京人形」の句で引用した『菊あわせ』にも登場します。主人公は菊供養の日に、子供を負った美女を見かけます。そのとき女の着物が肩からずれ、片肌が見えた。――「鬢《びん》のはずれの頸脚《えりあし》から、すっと片乳の上、雪の腕《かいな》のつけもとかけて、大きな花びら、ハアト形の白雪を見たんです。」――この姿に魅入られたように主人公は患います。数年後、同じ女を見かける。さらに、療治先の山の湯宿で三度目に遭遇し、怪異が起きます。

「打ちみだれ」は俗に堕ちかねない表現です。しかし「みだれ」を使わないとどうか。「打ちて片乳白き砧かな」だと、片乳が見えるのを意に介さず、一心不乱に砧を打っている。「打ちながら片乳白き砧かな」だと、作者が女の姿を見続けている。「みだれ」を消すと、かえって句が卑しくなります。

鏡花の句は「打ちみだれ」という露《あらわ》な言い方によって、舞台を見るような、虚構めいた美しさを得ました。「みだれ」のあざとさが、逆説的に、一種の様式性を句にもたらしています。

幻の添水《そうづ》見えける茂りかな　鏡花

添水は、水を流し込んだ竹筒が反転して音がする仕掛。庭園で見かけます。本来は田畑の害獣を威《おど》すもので秋の季語。『菊あわせ』の中でも、添水が効果音として使われています。添水の音とともに衣擦《きぬず》れが聞こえる。魔性の女との三度目の遭遇の場面です。

欄干に一枚かかった、朱葉《もみじ》も翻らず、目の前の屋根に敷いた、大欅《おおけやき》の落葉も、ハラリとも動かぬのに、向う峰の山颪《やまおろし》が颯《さつ》ときこえる、カーンと、添水が幽《かすか》に鳴ると、スラリと、絹摺《きぬず》れの音がしました。

句の中の添水は「幻の添水」です。音はしない。庭は荒れて草が茂っている。そこに添水が見える。「ある」のではなく、幻として「見える」のです。「見えける」の「ける」に気持がこもります。荒れた庭に幻を見る趣は、能の『融《とおる》』（庭園を愛した貴族の亡霊が、荒廃した邸宅の跡で昔を偲《しの》びつつ舞い遊ぶ）を思わせます。

母恋

おしまいに筆者の愛誦《あいしよう》してやまない句を挙げます。

灌仏《かんぶつ》や桐咲くそらに母夫人《ははぶにん》　鏡花

灌仏は釈迦《しやか》の誕生を祝う四月八日。旧暦なら桐の花が咲く頃。桐は高木で薄紫の清楚《せいそ》な花が咲く。源氏物語の桐壺《きりつぼ》の桐です。「桐咲くそらに母夫人」とは、桐の花のかなたの空に釈迦の母の摩耶《まや》夫人がいて諸々《もろもろ》の衆生を見守っている、というのです。

『菊あわせ』に登場する僧は「まりやの面《おもて》を見る時は基督《キリスト》を忘却する――とか、西洋でも言うそうです」と言います。掲句も摩耶夫人が主役です。摩耶夫人像を素材にした『夫人利生記《りしょうき》』に、九歳で母を亡くした鏡花の母恋の思いがよく現れています。

主人公の樹島は、子供の頃に亡母と参ったことのある摩耶夫人像に参拝し、途中で会った美しい女に心惹《ひ》かれます。そして、堂に奉納された安産祈願の写真の中に嬰児《えいじ》を抱いたその女の姿を見出《みいだ》した。樹島が女の写真に見入ったとき、嬰児が消えた（ここで思い出すのは『菊あわせ』の「子どもに用はないでしょう」というセリフです）。樹島は仏師に摩耶夫人像を注文する。その仏師の妻が樹島の惹かれた女だった。樹島は、像が「御新姐《ごしんぞ》の似顔ならば本懐です」と仏師に所望する。後日、亡母に似た像が届いたが、その指が壊れていた。二日前、樹島は指に怪我《けが》をしていたのでした。鏡花はじっさい、金沢の仏師に彫らせた摩耶夫人像を、最期まで手元に置いていました。鏡花が描き続けた「永遠の女性」を、三島由紀夫は次のように評しています。

それはかぎりなく美しく、かぎりなくやさしく、同時にかぎりない怖ろしさに充ちた年上の美女と、繊細な美少年との恋の物語である。女性は保護者と破壊者の両面をつねに現わし、この二面がもっとも自然に融合するのはカーリ神のごとき女神でなければ日本的妖怪に於てである。作者の自我は、あこがれと畏怖の細い銀線の上を綱渡りをしている。（略）官能の毒にたっぷり身をひたし、理想と幻覚の相接する境地にいかに深入りしようとも、自分だけは傷一つ負わず助かるのだ。彼が助かるのは、しかし、自分の努力や戦いの成果としてではない。他ならぬ対象の、清らかで魔的な美女が、自分にだけ向けてくれた例外的なやさしさのおかげで助かるのだ。愛されるというのはこのようなことであり、その愛のおかげで堕罪を免かれることなのだ。

（『日本の文学４』解説）

このような「永遠の女性」のイメージが、「灌仏や桐咲くそらに母夫人」という句にも美しく現出しています。

〈森鷗外〉の章――陸軍軍医部長の戦場のユーモア

森鷗外〔もり・おうがい〕

一八六二（文久二）年〜一九二二（大正十一）年。小説家・軍医・翻訳家・評論家。石見・津和野生まれ。生家は津和野藩典医。漱石と並ぶ巨匠。東大医学部卒。医学者、陸軍軍医の森林太郎としてはドイツ留学、日露戦争を経て軍医最高位、陸軍省医務局長就任。評論家としても樋口一葉を世に出す。代表作に『舞姫』『即興詩人』『雁』『高瀬舟』『阿部一族』『山椒大夫』『渋江抽斎』など。別号に観潮楼主人ほか。俳句は折にふれ親しむ。

日露戦争、その戦場のユーモア

米足らで　粥に切りこむ　南瓜かな　鷗外

（『うた日記』）

米が足りないので粥に南瓜を入れたのです。なぜ「切りこむ」のでしょうか。

この句には「明治三十七年八月三十一日於沙河南岸高地」と詞書《ことばがき》があります。日露両軍で四万人以上の死傷者を出した遼陽《りょうよう》会戦のさなかです。四十二歳の鷗外は陸軍の軍医部長で第二軍に所属。その日の戦闘を、戦報は次のように記しています。

三十一日午前三時頃ヨリ第三師団ノ歩兵ハ猛烈果敢ナル夜襲ヲ決行セリ払暁頃其左翼タル歩兵第三十四連隊ハ首山堡南方高地ノ南部ヲ奪取セシモ前面及両側ヨリ猛烈ナル射撃ト北部高地ヨリスル優勢ナル敵ノ逆襲ヲ受ケ紛戦乱闘ノ後多大ノ損害ヲ受ケテ高地脚ニ撃退セラレタリ（略）此ノ戦闘ニ於テ我軍ノ死傷約七千敵ノ損害ハ多大ナルベク各堡塁附近ニ委棄セシ死体モ数百ニ達セリ

（国立公文書館ウェブサイト）

『うた日記』は戦地で鷗外が詠んだ詩歌を、戦後自ら編集したもの。短歌三百三十一首、俳句百六十八句、新体詩五十八編、訳詩九編、長歌九首を所収。明治四十年九月刊。同年十一月に鷗外は陸軍軍医総監（医務局長）に昇進しました。
「切りこむ」は、精兵たる米が足らないので、予備役の南瓜が決死の覚悟で粥に切り込むというユーモアです。この句が一兵卒の作だったら、それも戦場の一コマだろうと思います（『うた日記』にある「炭百匁《め》　風流の下士　句に耽《ふけ》る」は兵や下士官が火鉢を囲んで俳句に熱中している場面）。しかし「死傷約七千」の陣中にある軍医の句だと思うと、鷗外はどんな思いでこの句を詠んだのだろうか、鷗外にとって俳句とは何だったのだろうか、と問いたくなります。

朧夜《おぼろよ》や　精衛の石　ざんぶりと　鷗外

「明治三十七年五月二日鎮南浦［ちんなんぽ］にて閉塞船の事を聞く」と詞書。戦史に残る「旅順口閉塞作戦」です。五月一日に第三次閉塞隊の輸送船十二隻が出撃。その報を耳にした鷗外は一句したためました。湾口に船を沈めて敵艦隊を封じ込める作戦を「精衛の石ざんぶりと」と洒落《しゃれ》たのです。句は威勢がよいのですが、翌五月三日に旅順湾口に突入した閉塞隊は多くの犠牲を出し、作戦は失敗に終わりました。

行水や　瓮大《かめだい》にして　頭《とう》を没す　鷗外

「明治三十七年七月十三日於古家子《こかし》」と詞書。鷗外の属する第二軍の従軍記者であった田山花《か》袋《たい》は前日の十二日、次のように記しています。

古家子と言ふところは（略）豪農多く、楊柳繁く、軍司令部を置いた家などは、それは中々立派なものであつた。けれど自分等の宿営は、其村からは高粱《きび》畑を一つ越した小さな村落で、家屋も亦甚だ清潔ではなかつた。（『第二軍従征日記』）

花袋はこの村に滞在中「鷗外先生を軍医部に訪問した」と記しています。先立つ四月三十日（「精衛の石」の句の二日前）にも、航海中の一等船室に鷗外を訪ね、夜の十時半まで海外の文学を談じました。従軍記者である花袋の船室は二等でした。

古家子での宿営が不潔だと記した花袋と違い、高官の鷗外は大きな甕《かめ》で行水を使ったのでしょう。「瓮大にして頭を没す」は漢文調でおどけています。大甕での行水を、子供のように面白がる鷗外。以下は同時作です。

涼しとて　屋根の上にぞ　寝たりける　鷗外
苟且《かりそめ》に　虚無僧蚊帳と　名づけばや

いずれも遊び心のある句です。「虚無僧蚊帳」は、天蓋のような蚊帳を、虚無僧の編笠《あみがさ》に喩《たと》えたのでしょうか。

接待の　湯は空缶を　柄杓かな　鷗外
便腹《べんぷく》を　曝せばとまる　蜻蜓《とんぼ》かな

「明治三十七年九月於遼陽」と詞書。激戦の遼陽会戦は九月四日に終了。占領した遼陽での作。接待とは仏家の布施の一つで、往来の人に湯茶をふるまう意のお盆の季語です。鷗外は、戦陣で湯茶を飲むことを「接待」と洒落たのでしょう。空缶が柄杓のかわりです。便腹とは肥え太った腹。腹を出したら、そこに蜻蛉《とんぼ》がとまったというのんびりした句です。

「明治三十七年十月十日於大荒地」と詞書のある次の句も楽しい。

虫程の　汽車行く広き　枯野哉　鷗外

満州の大平原をゆく列車が芋虫のように見えた。『うた日記』では、この句と「血の海や枯野の空に　日《ひ》没して」が並んでいます。このとき第二軍は沙河会戦を戦っていました。

雪達磨　雪賓頭盧《びんずる》と　なりにけり　鷗外

「明治三十八年二月於大東山堡」と詞書。雪達磨がとけかかってつるつるになったのを「雪賓頭盧」だと面白がっています。達磨大師が賓頭盧尊者になった。どこか鷹揚《おうよう》な句です。

鷗外と子規・虚子

戦場にあって俳味のある句を詠んだ鷗外には、以前から俳句の下地がありました。鷗外の俳句との接点は正岡子規と高浜虚子でした。子規とは日清戦争中、戦地の金州で出会いました。従軍記者の子規は、帰国の船中で喀血《かっけつ》。神戸で入院中の病室で「金州の兵站部長は森なりと聞き訪問せしに兵站部長には非ず、軍医部長なりし、これより毎日訪問せり」と語っています（『病床日誌』）。鷗外は「五月四日。正岡常規来り訪ふ俳諧の事を談ず」と『徂征《そせい》日記』に記しています。このとき子規二十七歳、鷗外三十三歳。子規が選んだ『新俳句』（明治三十一年）に鷗外の以下の句が載っています。

百韻の巻全うして鮓《すし》なれたり　鷗外

百韻（百句を詠む連句の形式）が仕上がった頃、馴《な》れずしも熟成してきた。変化に富んだ連句の世界と、馴れずしの風味との取り合わせに妙味があります。

野分する夜寺僮《じどう》鐘楼へ上り行く　鷗外

野分の夜、寺男が鐘楼へ上がってゆく。こんな夜にも鐘を撞《つ》くのです。

菱取りて里の子去りぬ秋の水　鷗外

水草の菱の実を採って去っていった里の子供。秋の日の水辺の景です。「菱取りて」は、子規庵《しきあん》の句会に参加し、席題の「秋の水」で詠んだ句です。同時作に「憶亡父」と前書のある「俤《おもかげ》やつくばひ覗くあきの水」（亡父が恋しく、秋の水を湛《たた》えた手水鉢を覗くと、父に似た自分の顔が映った）があります（高浜虚子・柴《しば》田宵曲《たしょうきょく》「ホトトギス五百号史を編むついでに」「ホトトギス」昭和十二年七月号）。

子規は鷗外に宛てて「つくはひの御句わたくし気に入り申候。右の句菱取ての句の次へ御はさみ被下度候《くだされたく》（尤《もっと》も前書とも）」と書き送っています。「めさまし草」という鷗外主宰の文芸誌に載せる句について、子規は鷗外に助言をしたのです。鷗外は子規に以下の自作を書き送っています（高浜虚子「子規の鷗外に当てたる書翰《しょかん》、並に鷗外の子規に当てたる書翰について」「ホトトギス」昭和十七年九月号）。

みなしこのかしこまりたる寒さ哉　鷗外
落書の行灯くらし木兎《ずく》の声
羽子一つくつついてゐるわたち哉

「榊原少佐法会」と詞書。遺児がかしこまっている。行灯に落書き。家の前の轍《わだち》に、羽根突きの羽子が落ちている。子供を遺《のこ》して亡くなった軍人の家で目にした景でしょう。

『うた日記』の俳句の選をしたのは、子規の弟子の虚子です。「俳句のことは分らぬから選をしてくれ」と、虚子は鷗外から『うた日記』の草稿を渡されました（「耶馬渓俳話」「ホトトギス」昭和二十五年十月号）。鷗外の「朝寒や前搔く馬の蹄《ひずめ》の音」という句が『うた日記』で

ことことと　前搔く馬や　朝寒み　鷗外

となっているのは虚子の添削です（真下喜太郎「ホトトギス還暦 ホトトギスと森鷗外」「ホトトギス」昭和三十二年二月号）。晩秋の寒い朝に土を搔く軍馬。「蹄の音」を「ことこと」としたことで句は俄然《がぜん》、生き生きします。

瞑目《めいもく》す

鷗外は「米足らで　粥に切りこむ　南瓜かな」のような句ばかりを詠んでいたわけではありません。「血の海や　枯野の空に　日没して」のように、まともに戦争を詠んだ句もあります。

瞑目す　畔の馬楝《ばりん》の　花のもと　鷗外

「馬楝」は馬藺。ネジアヤメと解します。

この句の前に置かれた「唇の血」という詩は、四千名の死傷者を出した南山の戦い（明治三十七年五月）を詠じた作です。「常ならば　耳熱すべき　徒歩兵の／顔色は　蒼然として　目かがやき／咬みしむる　下唇に　血にじめり」と兵の表情を描く。末尾は「侯伯は　よしや富貴に　老いんとも／南山の　唇の血を　忘れめや」（たとえお偉方が富貴に老いようとも、兵たちが緊張のあまりに嚙《か》みしめた唇の血を忘れてよいものか）と結びます。兵の犠牲で功成った「侯伯」に毒づいた鷗外は、瞑目して兵の死を悼みました。

かど松の　壕の口にも　立てられし　鷗外

松立てし　ひとり夜の間に　討たれけり

「明治三十八年一月一日於十里河［じゆうりが］」と詞書。塹壕《ざんごう》の入口に門松を立てて新年を迎える夜、歩《ほ》哨《しょう》の兵が一名撃たれたのでしょうか。事実の叙述に徹した句で、引き締まった句姿の中に戦地での人の生死の消息を伝えます。

夏草の　葉ずゑに血しほ　くろみゆく　鷗外

明治三十七年七月の大石橋《たいせききょう》の戦いで草に付いた兵の血。「くろみゆく」が生々しいものの「夏草」「葉ずゑ」「血しほ」といった詩句は美しい。「夏草や兵どもが夢の跡」（『奥の細道』）を連想させます。「夏草」という季語を介し、この句は古典的風雅の世界に通じます。いっぽうで近代戦争の現実は機関銃で兵がバタバタと斃《たお》れ、死傷者は千人単位。評価の難しい句です。

一卒進めば一卒僵《たお》れ　隊伍進めば隊伍僵る

（「唇の血」より）

機関銃で撃ってくるロシア軍の陣地に向かって進む兵。万葉集の「海行かば　水漬《みつ》く屍《かばね》　山

行かば　草生す屍《むかばね》」さながらです。この一節を含む大伴家持の長歌（五七を反復し、七七で終わる和歌の一形式）は武門の誇りを詠った作。「大夫《ますらお》の心思ほゆ大君《おおきみ》の御言《みこと》の幸《さき》の聞けば貴み」他二首の短歌を反歌として伴っています。

長歌と反歌という万葉集の様式を、鷗外は『うた日記』に採用しました。以下は「石田治作」と題した長歌の一部です。「めざしたる　陣地まぢかく／寄るほどに　味方と離《さか》り／正面の　我銃丸は／うしろより　雨とふりきぬ」――たたみかけるような五七調で描き出したのは、鷗外の部下であった静岡出身の石田という兵の奮戦。この長歌に、鷗外は「進みけり　友のうつ弾　飛ぶきはに　又進みけり　あたの真中に」他一首の反歌を添えました。

伝統的詩文の素養を備えた鷗外の紡ぎだす詩句は、「兵どもが夢の跡」や「海行かば　水漬く屍　山行かば　草生す屍」のような古典の地平に近づきます。反面「死傷約七千」という近代戦争の過酷さからは遠ざかります。戦争の現実と、詩歌としての洗練をどう関係づけるか。その問いは詩人の内面に軋轢《あつれき》を生みます。

軍人と文人、戦争と詩歌

目の前には戦争の現実があり、頭の中には詩歌の地平が開けている。軍人と文人という二つの自我をどう関係づけるか。それは本来、内面の問題ですが、鷗外の場合、公人としての立居振舞と文筆活動とが切り離せないという事情が絡みます。大岡昇平は、鷗外の「対世間生活と文学的自我とは実は彼の内部で抗争状態にあった」と評しています（『日本の文学2』解説）。日露開戦の二年前まで、鷗外は左遷ともいわれる小倉赴任中でした。その時期に以下のような一文をしたためています。

予が医学を以《もつ》て相交はる人は、他《あれ》は小説家だから与《とも》に医学を談するに足らないと云ひ、予が官職を以て相対する人は、他は小説家だから重事を托《たく》するには足らないと云つて、暗々裡に我進歩を礙《さまた》げ、我成功を挫《くじ》いたことは幾何《いくばく》といふことを知らない。

（「鷗外漁史とは誰ぞ」「福岡日日新聞」明治三十三年一月一日）

医学界や官界で「小説家だから」と言われることを鷗外は気にしていました。じっさい鷗外を標的に「小倉の大文豪が公務を抛擲《ほうてき》して、翻訳著述に汲々《きゆうきゆう》」としている、鷗外が局長になったら「軍医の採用と進級の為めにする試験には、〈シルレル〉の訳読でもさせるだらうよ」（医海時報）といった「悪意に満ちた推測的言説」が流布され、「軍医として文学活動する鷗外の姿勢に対しては、厳しい批判があった」（山崎一穎《かずひで》「鷗外、「小倉左遷」説は消えたか」）のです。『うた日記』の公刊は小倉からの帰任の五年後ですが、やはり鷗外は世間を気にしています。

『うた日記』を皇室に献上する話があったものの「侯伯は　よしや富貴に　老いんとも」という将相批判が問題にならないかと鷗外が心配し、献上がとりやめになったと伝えられています（小林幸夫「森鷗外と日露戦争──『うた日記』の意味」）。

鷗外はまた「並《な》みても臥せる　敵味方（略）なさけもあたも　消えはてて／おなじ列なるにひはかに／おなじ涙を　灑《そそ》ぎけり」（「新墓《にいはか》」）と、敵味方の別のない哀悼を詠じました。その詩の最後に、とってつけたように次の一節が付されています。──こすもぽりいと　悪《[にく]》むてふ／伶俐《さか》しき博士　な咎めそ／わがかりそめの　こと草は／衢《ちまた》に説かん　道ならず（コスモポリタン嫌いの博士たちよ、咎《とが》めないでくれ。私の片々たる詩は、世間に教えを垂れるような代物ではないのだ）──国家主義を奉じる御用学者への弁解を装った皮肉です。

世間の目を意識せざるを得ない立場にあった鷗外ですが、その内面で戦争観が変化していったことが『うた日記』から窺《うかが》われます（小林前出）。

宣戦布告の約一か月後の「第二軍」（明治三十七年三月二十七日於広島）では「三百年来　跋扈《[ばっこ]》せし／ろしやを討たん　時は来ぬ」と詠い、「黄禍」では「黄なれども　おなじ契の　神の子を　しへたぐる汝《なれ》　しろきわざはひ」（神の下で平等であるはずの黄色人種を虐げる白人よ、お前こそ黄禍ならぬ白い禍《わざわい》ではないか）と詠いました。開戦当初、ロシアへの義憤において、軍人鷗外と文人鷗外の足並みは揃《そろ》っていました。

ところが戦闘を重ねるにつれて変化が見られます。たとえば「侯伯は　よしや富貴に　老いんとも」のような軍の上層部への批判。沙河会戦（明治三十七年十月）で日本軍は四千の死者を出しましたが、そのさなか、鷗外は「司令部は　玉来ぬところ」（「たまくるところ」）と詠い、安全な後方にいる司令部に対する兵の鬱憤を代弁しました。反歌の「司令部の　玉あこがれはかがやきの　舞台を作者　うらやむに似たり」（安全地帯にいる司令部が銃弾に憧れるのは、劇作家が光の当たる舞台を羨むのと同じだ）は司令部に対する強烈な皮肉です。（鷗外が「たまくるところ」を詠んだのと同じ日、鷗外と同じ第二軍の秋山好古（『坂の上の雲』の主人公）は、騎砲兵を率いてロシアの騎兵隊を潰走させています）。

鷗外はまた、ロシアの負傷兵の最期を深い同情を以て「父母よ妻よ子よ／あはれなり胸の血の／なごりのゆらぎ／熱もゆる唇ゆ／もれいづるぷろしゆちやい」（「ぷろしゅちゃい」）と詠いました。「ぷろしゆちやい」は永別を告げるロシア語です（小林前出）。「ろしやを討たん」から「並みても臥せる　敵味方」への変化を、研究者は〈観念としての戦争〉から〈肉体としての戦争〉への変化と捉えています（小林前出）。

五七五編を収める『うた日記』は大著です。文体は古典的な洗練を以て一貫していますが、戦争観の変化もあり、詩想は多様です。「ろしやを討たん」という出立。「大王《おおきみ》の　任《まけ》のまにまに　くすりばこ　もたぬ薬師と　なりてわれ行く」という愛国的使命感。奮戦する兵。死者への哀悼。戦場となった村やそこに住む人々の様子。司令部に対する批判。望郷。懐旧。家族への思い。平和への希求。死への願望、等々。本章で触れ得たのはほんの一部です。その多彩さは、戦地にあって千々に乱れる心をそのままぶちまけたかのように圧倒的です。投入された詩的エネルギーの巨大さは、鷗外の詩心に戦争が重たくのしかかっていたことを物語ります。この『うた日記』にとって、また鷗外にとって、俳句はどのような意味を持つのでしょうか……。

蠅《はえ》

『うた日記』には時折蠅が登場します。それが妙に印象的です。

死は易《やす》く　生は蠅にぞ　悩みける　鷗外

「明治三十七年七月二十五日於橋台鋪」と詞書。大石橋の戦いのさなかです。同日付の詩二編、短歌五首の全てに蠅が登場します。「なかに伏す　乗馬《じょうめ》のかばね／鞍抱きて　誰か泣きけん／逞しき　骨ぐみ見んと／駒をすすめつ／屍より　叢雲涌きぬ／ひたと来て　身にまつはるや／

縫目なき　ひとへ黒衣《くろぎぬ》／そは蠅なりき」（「かりやのなごり」）は、廃屋の中に馬の骸《むくろ》をみつけた場面です。「うちふるときは　さやさや／ちよろづの蠅　逃げ去る／壁に懸れる　沈黙《しじま》を／あなどりて蠅　あつまる」（「払子賛《ほっすのさん》」）は、禅僧が使う払子を蠅除《よ》けに使っている様子。

これに短歌が続きます。「経巻の　紺紙はだらに　見ゆるまで　増上慢の　蠅は糞《はこ》しつ」（蠅の糞で経巻が汚れている）。「玻璃《はり》の戸に　とまりて死にし　蠅の身の　放つ毫光《ごうこう》　黴にぞありける」（死んだ蠅が霊妙な光を放っていると思ったら、黴だった）。「楽しとは　払子ふるまを　ちかづかぬ　蠅をわするる　おもひならまし」（楽しいといえば、払子を振る間だけ蠅を忘れられることだ）。詠い方が多彩です。馬の骸から雲のように湧いた蠅が、縫目のない黒衣のようにひたと身にまとわりつくという描写には慄然とします。払子を窺う蠅の滑稽さ。「蠅は糞しつ」のリアリズム。蠅の骸の黴を霊光と見た透徹した詩眼。「楽しとは」の短歌の可笑《おか》しみ。

個性的な詩と短歌の後に「死は易く」という句がぽつんと置かれています。「生は蠅にぞ悩みける」は、蠅には降参だと、わざと重々しい口調でおどけています。軍医が「死は易く」と言ってよいのかと思いますが、「生は難く、死は易し」のパロディです。この句を詠んだ翌日、鷗外は「夏草の　葉ずゑに血しほ　くろみゆく」と、戦闘の犠牲を嘆じた句を詠んだのです。

中村草田男の「富士秋天墓は小さく死は易し」（昭和十七年）も同じ成句のパロディです。草田男の句は真面目。鷗外の句はユーモラスです。

秋近く　蝿死すと日記《にき》に　特筆す　鷗外

「明治三十七年八月十七日於張家園子」と詞書。蝿が死んだことを、わざわざ「特筆」したところに可笑しみがあります。蝿の死を詠んだ歌には「玻璃の戸に　とまりて死にし　蝿の身の放つ毫光　黴にぞありける」のほか「うまき餌を　むさぼる蝿の　たかどのに　こもりて餓《う》ゑて　死にてけるかな」があります。

正岡子規の『仰臥漫録《ぎようが》』にも「秋一室払子の髯《ひげ》の動きけり」「秋の蝿殺せども猶尽きぬかな」「秋の蝿追へばまた来る叩《たた》けば死ぬ」「秋の蝿叩き殺せと命じけり」「秋の蝿蝿たたき皆破れたり」「病室や窓あたたかに秋の蝿」などの句があります。いずれも明治三十四年九月の吟。『仰臥漫録』の公開が「ホトトギス」明治三十八年一月号ですから、蝿の句を詠んだ時点の鷗外は、子規の句は読んでいませんでした。

鷗外は蝿を、詩、短歌、俳句の三詩形に詠み分けました。蝿の卑俗さや諧謔味《かいぎやくみ》がどの詩形にも生かされています（「縫目なき　ひとへ黒衣／そは蝿なりき」のおぞましさは別格ですが）。

払子をふると「さやさや」と逃げ去り、払子を壁に掛けると侮って集まる。増上慢の蝿が経文に糞をしまくる。骸の蝿に生じた黴が霊妙な光を放つ。漫画的な蝿の様相を、鷗外は自在に詠いました。その中にあって「死は易く　生は蝿にぞ　悩みける」と「秋近く　蝿死すと日記に　特筆す」は肩の力が抜け、無技巧に近い。

鷗外は明治三十七年三月に「ろしやを討たん」と詩に詠いました。四月、宇品港《うじな》で詠んだ短歌は、前出の「大王の　任のまにまに」のほか「さらばさらば　宇品しま山　なれをまた　相見んときは　いつにかあるべき」（宇品港の景色を再び見るのはいつであろうか）、「わが舟の　八幡はよき名　外国《とつくに》の　むかしおそれし　やはたはよき名」（八幡丸とは、昔外国が怖れた良い名である……元寇《げんこう》のときの八幡様の神風でしょうか）。いっぽう同時期の俳句は以下のようなものです。

起重機や　馬吊《つ》り上ぐる　春の舟　鷗外
春の海を　漕ぎ出でて明す　機密哉
春の海や　おもちやのやうな　遠き舟
うららかや　前の舟また　あとの舟
友舟の　一つかすみ二つ　かすみけり

気合の入った詩や短歌と対照的に、俳句はのんびりとしています。吊り上げるのは軍馬、明かすのは軍事機密でしょうけれど、句の気分は春風駘蕩《しゅんぷうたいとう》。これから大国ロシアと戦おうという気迫や緊迫感は一切感じられません。

『うた日記』にとって、鷗外にとって、俳句とは何だったのでしょうか。

出征中の鷗外は、詩歌と戦争、文人と軍人、「こすもぽりいと」と国家への忠誠、さらには嫁と姑《しゅうとめ》（当時、鷗外の夫人は姑との不和のため別居中）といった、様々な相克の下にありました。

そんな鷗外は、ときには高揚した、ときには沈鬱な詩を書き、蠅の短歌のような吹っ切れた作を生みました。

その中にあって、俳句だけは超然としています。新体詩や長歌や短歌に鷗外は思いの丈をぶつけました。叙情や述志や悲憤慷慨《ひふんこうがい》は長い詩形に託し、俳句ではその短い形式に見合った即事・即興を詠ったのです（子規や虚子がそうしたように）。鷗外はそれ以上のことを俳句に求めなかった。俳句は折にふれての癒しの詩形であればよかった。だからこそ、肩の力の抜けた、のびやかな、遊び心のある、とても鷗外とは思えないような句が生まれたのです。

逆にいえば、鷗外という複雑なキャラクターをすり抜けて、俳句が俳句らしい姿を現した。鷗外の俳句はそんな俳句だと思います。

〈芥川龍之介〉の章——違いのわかる男

芥川龍之介〔あくたがわ・りゅうのすけ〕

一八九二（明治二十五）年～一九二七（昭和二）年。東京生まれ。小説家。東大卒。芥川賞に名を残す。芥川家は代々江戸城の奥坊主を務めた家柄。東大在学中に久米正雄らと「新思潮」を刊行して短編を発表、新鮮かつ洗練巧緻な文体を漱石が激賞、新理知派として注目を浴びる。代表作に『羅生門』『鼻』『芋粥』『地獄変』『河童』など。その自殺は社会的事件でもあった。俳号は我鬼。俳句も一級品との評価。忌日は我鬼忌、河童忌とも。

一字一句へのこだわり

芥川龍之介は俳句においても抜群の書き手でした。たとえばこんな句があります。

蝶《ちょう》の舌ゼンマイに似る暑さかな　龍之介

青蛙《あおがえる》おのれもペンキぬりたてか

「蝶の舌」は、花の蜜を吸うストローのような口吻《こうふん》。それを巻き畳んだときの形状を「ゼンマイ」に喩《たと》えました。虫眼鏡で観察しているかのような眼差《まなざ》しです。「蝶」は春の季語ですが、この句の季語は夏の「暑さ」。この蝶は夏の蝶です。むせかえるような炎天下の蝶、たとえば揚羽蝶などを思い浮かべてもよい。二句目の「青蛙」はアマガエル。その皮膚の濡《ぬ》れ濡れとした質感を、塗り立てのペンキに喩えました。「おのれも……か」とあるので、アマガエルが目の前にいる感じがします。小動物に対する愛情も感じられます。

いずれも感覚の鋭い、機知に富んだ句です。芥川は才人です。才気を以《もっ》て易々《やすやす》と句を詠んだのでしょうか。この二句を見るとそんな感じもします。他方、ああでもないこうでもないと一字一句をひねくり回すこともありました。本章では、芥川のそんな一面に着目します。

炎天や蝶をとめたる馬の糞　龍之介
夏蝶のひしと群れたる馬糞かな
夏蝶やひしと群れたる糞の上
夏蝶のひしと群るるや馬の糞
夏蝶やひとつとまれる馬の糞
山かげや蝶のとまれる馬の糞
夏蝶や翅《はね》をとめたる馬の糞

大正九年、二十八歳のときの作。馬糞に蝶がとまっている。どれも似たような句ですが、少しずつ違う。多くは蝶と馬糞ですが、三句目の「糞の上」は何の糞かわからない。多くは夏の句ですが、六句目の「山かげや蝶のとまれる」は春（季語は蝶）です。蝶の数は「ひとつ」であったり、群れていたり。

これを見ると俳人の頭の働かせ方がわかります。興味の対象は蝶でも馬糞でもない。十七音の一部を変えたとき、十七音全体がどう変化するか。そんなことに関心を持つのは俳句そのものが好きだから。いわば俳句オタクです。芥川もそうでした。

『芥川竜之介俳句集』（岩波文庫）の句数は千百五十八句。このうち芥川自選の『澄江堂《ちょうこうどう》句集』の収録句は七十七句。厳選です。自選句はどれも隅々まで神経が行き届き、完成度が高い。芥川がどれほど俳句好きだったか。どれほど一字一句にこだわったか。以下『澄江堂句集』収録句と別の句案を見比べながら、芥川の思考過程を探りたいと思います。○印は『澄江堂句集』収録の句形です。ちなみに芥川の俳号は我鬼《がき》。澄江堂は別号です。

動詞の選択

○初秋の蝗《いなご》つかめば柔かき
初秋や蝗つかめば柔かき
初秋や蝗握れば柔かき

握るかつかむか。蝗をつぶさないように持つなら「握る」でなく「つかむ」です。上五を「や」で切るかどうか。「初秋や」と切れば句に広がりが出ます。「初秋の蝗」とすると初秋の蝗のうら若い感じが出ます。芥川は繊細な感覚で、最適な表現を模索しました。

○麦ほこりかゝる童子の眠りかな
　麦埃かぶる童子の眠りかな

「かぶる」は頭からかぶる感じです。「かゝる」のほうが「童子の眠り」という優しい句柄に合うと思います。

○蒲《がま》の穂はなびきそめつつ蓮《はす》の花
　蒲の穂はほほけそめつゝ蓮の花

　蒲の穂と蓮の花のある景です。「ほほけそめ」は、日数を経て穂がほおけてきた。「なびきそめ」は風が出てなびき始めた。「ほほけそめ」は日々の変化。「なびきそめ」は刻々の変化。「なびきそめ」のほうが、眼前の景を見ている感じがします。

○苔づける百日紅《ひやくじつこう》や秋どなり
　苔じめる百日紅や秋どなり　（大正十三年六月二十三日付書簡）
　苔ばめる百日紅や秋どなり　（同二十六日付書簡）

岡本一平・画「夏目漱石先生」（肉筆漫画『開国六十年史図絵』より）（漱石山房記念館所蔵）

「秋どなり」は秋隣。夏の終わり頃、花が咲いている百日紅《さるすべり》の幹に苔《こけ》を見出《みいだ》した。地味な叙景です。芥川は上五にこだわりました。「苔づける」「苔じめる」「苔ばめる」は、口語にするとそれぞれ「苔づいた」「苔じみた」「苔ばんだ」です。「づく」「じむ」「ばむ」は「色づく」「垢《あか》じむ」「汗ばむ」と同じ。「る」は存続の助動詞「り」の連体形です。

　この三案の語感の違いは微妙です。語感に潔癖な芥川は「苔づける」を『澄江堂句集』に残しました。「苔じむ」「苔ばむ」のジットリ感、ネットリ感を避けたのかもしれません。

○餅花を今戸の猫にささげばや

**　餅花を今戸の猫にかささはや**

『澄江堂句集』には「一平逸民の描ける夏目先生のカリカテユアに」と詞書《ことばがき》が添えられてい

ます。漫画家岡本一平による似顔絵では、文机《ふづくえ》に向かう漱石のそばに猫がいます。「今戸の猫」は今戸神社の縁起物の招き猫です。「かささはや」（かざさばや）は餅花を猫の頭上にかざしましょう、「ささげばや」だと餅花を猫にささげましょう、という意味。漱石先生の似顔絵に対する挨拶句だとすれば、「ささげばや」のほうが献辞らしい感じがします。

○鉄線の花さき入るや窓の穴（大正十三年十月二十九日付書簡）

鉄線の花さきこむや窓の穴（大正十三年九月二十五日付書簡）

窓の穴から鉄線の蔓《つる》が家の中へ入り込んで花が咲いた。あばら家の風流という趣。初案は「さきこむ」。一か月後に「さき入る」に直しました。「さき入る」のほうが、「窓の穴」から蔓が入り込んでいる様子がはっきりわかります。

○朝寒や鬼灯《ほおずき》垂るゝ草の中（大正十三年十月八日、同二十二日付書簡）

朝寒や鬼灯のこる草の中（大正十三年九月二十五日、同十月三十日付書簡）

「垂るゝ」と書いたり「のこる」と書いたりしていたようです。「垂るゝ」は鬼灯の実のぶら下がる様子を視覚的に述べています。「のこる」は、初秋のものである鬼灯の実が晩秋まで残っているという時間の経過を述べています。時候の挨拶なら「のこる」です。叙景なら「垂る、」です。「朝寒」に晩秋の感じがありますから、わざわざ「のこる」といわなくても、晩秋まで残っていることは読みとれます。その意味では「垂る、」のほうが、句として完成度が高い。

○かげろふや棟も沈める茅の屋根
　陽炎や棟も落ちたる茅の屋根

茅の屋根は茅屋。あばらやという意味もあります。「棟も沈める」は屋根が重みで陥没している。「棟も落ちたる」は木組みが腐って棟木が崩れ落ちている。直截な「落ちたる」よりも緩慢な「沈める」のほうが「かげろふ」の気分と合っています。

蝗は握るのか、つかむのか。麦埃はかかるのか、かぶるのか。蒲の穂はほほけるのか、なびくのか。百日紅の幹は苔づくのか、苔じみるのか、苔ばむのか。今戸の猫に餅花をかざすのか、ささげるのか。鉄線の花はさきこむのか、さき入るのか。鬼灯の実はのこるのか、垂れるのか。茅屋の棟は沈むのか、落ちるのか。芥川は少しでも正確な表現を求め、動詞の選択に注意を払いました。

俳句の「調べ」

芥川は俳句の「調べ」に対して意識的でした。高浜虚子の主宰誌「ホトトギス」に寄稿した「発句私見」の一節を引用します。

年の市線香買ひに出でばやな　芭蕉

夏の月御油より出でて赤坂や

早稲の香やわけ入る右は有磯海

これ等の句は悉《ことごと》く十七音でありながら、それぞれ調べを異にしてゐる。かう云ふ調べの上の妙は大正びとは畢《つい》に元禄びとに若《し》かない。子規居士は俊邁《しゅんまい》の材により、頗《すこぶ》る引き緊つた調べを好んだ。しかしその余弊は子規居士以後の発句の調べを粗雑にした。

（「ホトトギス」大正十五年七月号）

芥川は芭蕉の句を引いて、同じ十七音でも句毎《ごと》に「調べ」が違うといいます。芥川は「線香買ひに出でばやな」を「年の市に線香を買ひに出るのは物寂びたとは云ふものの、懐しい気もちにも違ひない。その上「出でばやな」とはずみかけた調子は、宛然《えんぜん》芭蕉その人の心の小躍りを見るやうである」と評し、「御油より出でて赤坂や」を「耳に与へる効果は如何にも旅人の心らしい、悠々とした美しさに溢れてゐる」と評しました（『芭蕉雑記』）。さらに「大正びと」（子規以降の近代俳句）は「元禄びと」（芭蕉）に「調べの上の妙」で劣る、と指摘しています。その芥川自身が句の調べに腐心した作があります。

夏山や山も空なる夕明り　龍之介

暮れてゆく夏の山。空はあかあかと夕明り。山も空の一部となったように夕明りに染まっている。この句にはいくつか別案があります。

①**夏山や幾重かさなる夕明り**（大正八年十一月二十三日付書簡）
②**夏山やいくつ重なる夕明り**（「ホトトギス」大正九年一月号雑詠入選作）

①と②は「幾重」と「いくつ」が違うだけ。①は「重」の字の重複を避けて「かさなる」を仮名書きにしたのでしょう。

③**夏山や峯も空なる夕明り**（大正八年十二月二十二日及び二十三日付書簡）

③は「山」の重複を避けて「峯」としたのでしょう。しかし「峯」は山の一部に過ぎません。

山全体が空に縁どられているのでしょうから、「山も空なる」が正確です。「夏山や」で一呼吸置いた後に、たたみかけるように「山も空なる」と続く。山、山、空と連なる字面がイメージを大きく広げます。

いくつかの句案を経てたどりついた「山も空なる夕明り」は、叙景の正確さに加え、句の調べに意を用いた句形です。

○①**霜どけの葉を垂らしたり大八つ手**
②**霜解けに葉を垂らしたる八つ手かな**
③**霜どけに葉を垂らしたり大八ツ手**

「霜解け」か「霜どけ」か。「霜どけに」か「霜どけの」か。「垂らしたり」か「垂らしたる」か。「八つ手かな」か「大八つ手」か。二択が四つあるので、計算上、句形のバリエーションは十六通り。そのうち三つを芥川は残しました。このときの思考を推測してみましょう。

「大八つ手」にすると八つ手の大きさが強調される。「霜どけ」にすると字面がすっきりする。「霜どけの葉」とすれば霜どけが直接に葉に掛かるので、濡れた質感がはっきりする。最終的には「①霜どけの葉を垂らしたり大八つ手」か「①霜どけの葉を垂らしたる大八つ手」の二択と考えられます。①は「垂らしたり」で切れる。①の「垂らしたる」はそこで切れず、上五中七は大八つ手に掛かる。芥川は①を『澄江堂句集』に残しました。①は、句の切れを重視する近世俳諧の「発句」らしい形です。

○お降《さが》りや竹深ぶかと町のそら

お降りや町ふかぶかと門の竹

「お降り」は元日に降る雨または雪。「町ふかぶかと門の竹」では、何がどう「ふかぶか」なのかわかりにくい。「竹深ぶかと町のそら」とすると、竹が深々と茂り、その向こうに町の空がほのかに見えている景がよくわかります。「深ぶか」は竹の茂り具合の形容です。「竹」と「深ぶか」を一続きに「竹深ぶか」と詠むことで、この句は最適の表現を得ました。

次の句は、下五の季語を入れ替えた作例です。

震災の後増上寺のほとりを過ぐ

松風をうつつに聞くよ夏帽子

この句の初案と思われるのが次の句です。

大震の後、偶芝山内を過ぎ、万株の長松の恙なかりしを見る。宛然故人と相逢ふが如し。欣懐自ら禁ずること能はず。

松風をうつゝに聞くよ古袷

古袷の句は、関東大震災の三か月後、大正十二年十二月十六日付の室生犀星《むろうさいせい》宛書簡に書かれたもの。袷が夏の季語です。「うつつに聞く」は、この松風は夢ではない、松も自分も震災を生き延びて現実に風を聞いているのだ、という心持。「聞くや」でなく「聞くよ」としたのは、紋切型の「や」を避け、柔らかい調べにしたのでしょう。

句中の人物の姿が夏帽子か古袷かで句の印象が変わります。震災後の市街をとぼとぼと歩く姿には古袷を着た市隠《しいん》風の姿が似合います。夏帽子とすると、頭にかぶった帽子に視線が誘導され、句の視界は上へ開けます。帽子をかぶった顔や首に夏の風が感じられます。夏帽子のほうが、松風の吹く空間に似合います。

『澄江堂句集』は「夏帽子」を採りました。詞書も簡潔に「震災の後増上寺のほとりを過ぐ」としています。感懐を書き添えた「古袷」の句は犀星への私信の色が濃い。いっぽう「夏帽子」の句は、私性を薄めた、普遍性の高い叙景句です。

「わが俳諧修業」

俳句巧者である芥川はどのように俳句を習得したのでしょうか。「わが俳諧修業」を要約します。

尋常四年で「落葉焚《た》いて葉守《はもり》の神を見し夜《よ》かな」と詠む。中学時代は「獺祭書屋俳話」や「子規随筆」などを読むが句作は殆《ほとん》どせず。高等学校時代は同級の俳人の久米正雄（三《さん》汀《てい》）等の句を読むが、句作は殆どせず。大学時代も同様。海軍機関学校の教官となり、高浜虚子と同じ鎌倉に住んだので句作をしてみる気になり、十句ばかり添削してもらった。「ホトトギス」に連続して二三句入選。その頃既に多少の文名があったので、入選は虚子先生の御会釈だろうと思い、少々尻こそばゆく感じた。作家時代は小沢碧童《へきどう》、滝井孝作らに学ぶ。ただし新傾向の句は二三句しか作らなかった。わが俳諧修業はホトトギス、新傾向派など文字通り各派混合の早仕立て。勝峯晋風と知り合って芭蕉の七部集なども読み、俳句的には「鵺」のようになってしまった。今日は室生犀星などと嗜む程度。句を書けと短冊を送ってくる人もあるが、短冊だけ受け取り、句を書いたことはない。俳壇のことは知らず、関心もない。今後も門外漢たることは変らない。河東《かわひがし》碧《へき》梧桐《ごとう》、村上鬼城、飯田蛇笏《だこつ》などにもお世話になった。

芥川には、文人俳句（滝井孝作、室生犀星）、ホトトギス（虚子、鬼城、蛇笏）、新傾向派（碧梧桐、碧童）など俳句との多様な接点がありました。ただし俳壇には無関心。ようするに、自分は特定の師につかず、古今の句を読み、自分の頭で自分なりの俳句観を構築した、と芥川は言いたかったのです。

多少の文名があったので、ホトトギスに入選したのは「虚子先生の御会釈だろう」というくだりは芥川らしい韜晦《とうかい》ですが、虚子が読むとカチンと来たかもしれません。「選は創作」をモットーに選者たることに矜持《きょうじ》を持っていた虚子にとって、「多少の文名」で選に手心を加えることはあり得ないことでした。

虚子は芥川より十八歳年上でした。「ホトトギス」の座談会で、虚子は芥川（当時すでに故人）について「或る夏鎌倉の宅に久米三汀なんかと一緒に来て作つたことがありましたな。*其後俳句を見てくれと言つて手紙で寄越したことが三四度ありました」、その句は「文人仲間ではいい方でしたね」（「還暦座談会（三）」「ホトトギス」昭和九年四月号）と語っています。また、芥川の小説について「どつちかといへば嫌ひでない好きな部類に属するのです、けどもどことなく衒気《［げんき］》があつてね、あれが取りきれたらと思ふ」「私は神経が鈍い。芥川は神経質で潔癖で……」（「還暦座談会（八）」「ホトトギス」昭和九年九月号）と評しています。

虚子の長男の年尾《としお》も芥川の思い出を書き残しています（「思ひ出・折々　芥川我鬼」「ホトトギス」昭和二十九年三月号）。芥川は「ホトトギス」に投句した「日傘人見る砂文字の異鳥奇花」を「異花奇鳥」に訂正したいという葉書を年尾宛に寄越《よこ》しました。芥川は「異鳥奇花がよいか異花奇鳥がよいか随分考へたが、中々決定出来ず、調子から云つてやはり異花奇鳥がよいだらうと思ふ」と言っていた。ところが年尾宛書簡（大正七年七月二十五日）の後、七月三十一日付で薄田泣菫《すすきだきゆうきん》に宛てて「日傘人が見る砂文字の異花奇禽」と書き送っています。「日傘人」を「日傘人が」、「奇鳥」を「奇禽」に変えたのです。さらに「が」を取った「日傘人見る砂文字の異花奇禽」を「我鬼窟句抄」に残しています。芥川はまた「小説を書いてゐるとき、よくふつと俳句が出来てね。俳句を考へてゐるのが楽しくて、小説の方が進まなくなつてしまふ」と年尾に語ったそうです。俳句の一字一句にこだわった芥川は根っからの俳句好きだったのです。

＊大正七年七月八日、芥川、久米三汀らが鎌倉の虚子宅で句会。虚子は八時頃帰宅し、夜十二時散会。「夏の月」「蓮」を題に十句。芥川の「暁闇を弾いて蓮の白さかな」が六点で最高点。同じく芥川の「紅蓮花下何を窺ふゐもりならん」が四点で次点。作者別では芥川が二十七点で一位、虚子が十四点で二位、三汀が十三点で三位であった（「虚子庵小集」「ホトトギス」大正七年九月号、記録者は

俳人の島村元）。

「芭蕉から芥川へ」

俳人の石田波郷《はきょう》が横光利一に原稿を依頼したことがありました。「横光さんは、俳句の伝統は、芭蕉から芥川へ来てゐる、つまり子規を経てゐないことを私に語つたことがあるので、そのことを執筆ねがつた」というもので、横光は以下のような返事を寄越しました。昭和二十一年秋のことで、横光の病勢は進んでいました。

前略、時代には時代の苔があること、別に悪いこととも思はれませんが、それにしても芭蕉から芥川、といふことになりますと、こんなこと云ふべきことにはあらず、まして書くこと罪多く、云ふに云はれぬ愁の一つと存じます。（略）（『石田波郷全集』第九巻）

子規と虚子を飛び越えて「芭蕉から芥川」という横光の俳句史観の当否はともかく、芥川が正面から芭蕉と向き合ったことは確かです。芥川の『枯野抄』は芭蕉臨終のさいの弟子たちの挙措を描いた作。其角《きかく》、去来、丈草《じょうそう》、支考など蕉門俳人の人柄のみならず、それぞれの俳風まで捉えています。

芭蕉頌《しょう》というべき『芭蕉雑記』では、芥川は、芭蕉と蕪村《ぶそん》の句合わせを試みました。芥川はまず、蕪村の春雨の句を挙げます。——「春雨やものかたりゆく蓑と笠」「春雨や暮れなんとしてけふもあり」「柴漬《ふしづけ》や沈みもやらで春の雨」「春雨やいざよふ月の海半ば」「春雨や綱が袂に小提灯」「春雨や人住みて煙壁を洩る」「物種の袋濡らしつ春の雨」「春雨や身にふる頭巾着たりけり」「春雨や小磯の小貝濡るるほど」「滝口に灯を呼ぶ声や春の雨」「ぬなは生ふ池の水《み》かさや春の雨」「春雨やもの書かぬ身のあはれなる」——これら蕪村の句を芥川はこう評しています。

目に訴へる美しさを、——殊に大和絵らしい美しさを如何にものびのびと表はしてゐる。しかし耳に訴へて見ると、どうもさほどのびのびとしない。おまけに十二句を続けさまに読めば、同じ「調べ」を繰り返した単調さを感ずる憾《うら》みさへある。（『芭蕉雑記』）

いっぽう芭蕉の「春雨や蓬《よもぎ》をのばす草の道」「無性さやかき起されし春の雨」をこう評しています。

僕はこの芭蕉の二句の中《うち》に百年の春雨を感じてゐる。「蓬をのばす草の道」の気品の高いのは云ふを待たぬ。「無性さや」に起り、「かき起されし」とたゆたつた「調べ」にも柔媚《じゆうび》に近い懶《ものう》さを表はしてゐる。所詮蕪村の十二句もこの芭蕉の二句の前には如何《いかん》とも出来ぬと評する外はない。（同前）

芭蕉対蕪村の春雨対決で芥川は芭蕉に軍配を上げました。芭蕉と蕪村のどこが違うのでしょうか。芥川は「調べ」にこだわります。調べとは何でしょうか。調べは一つの言葉から生まれるものではない。いくつかの言葉が並び、言葉と言葉の関係の中から生まれてくるものです。「春雨」の句の調べは、春雨という一語から出てくるものではない。春雨と「蓬をのばす草の道」とが連なることによって、生命を育む雨の「調べ」が聞こえてくる。「無性さやかき起されし」と「春の雨」が連なることによって「柔媚に近い懶さ」という「調べ」が聞こえてくる。同じ春雨の句であっても、この二句の「調べ」は異なる。春を秋に変えて「秋雨や蓬をのばす草の道」「無性さやかき起されし秋の雨」としても、形の上では俳句ですが、季語を中心に十七音全体が響き合うような「調べ」は感じられません。

いっぽう蕪村はどうか。「小磯の小貝濡るるほど」のコ音の反復のように、蕪村もまた俳句を音で聞かせることを知っていました。「ものかたりゆく蓑と笠」「暮れなんとしてけふもあり」などの言葉の運びは、蕪村が決して俳句的音痴でなく、むしろ美声の持ち主であることを物語っています。では、芥川が蕪村に感じた物足らなさは何だったのか。それは「春雨」と十七音全体との関係だと思われます。芭蕉の句は「春雨」と一句全体が一つになって句毎に違う「調べ」を奏でる。いっぽう蕪村の句はその情緒を「春雨」に依存している。だから「秋雨やものかたりゆく蓑と笠」に変えると「秋雨」の句として立派に成り立ってしまう。蕪村の句は「春雨」の持つ既存の情緒に依存しているので、春雨の句がズラッと並ぶと単調に見えてしまう。

芭蕉の句は、「春雨」を含めた十七音全体が緊密なアンサンブルを奏でている。蕪村の句は「春雨」というソリストに依存している（しかもソリストを巧《うま》く目立たせている）。芥川は、芭蕉、蕪村という二大巨匠の本質的な違いを見抜いていたのです。[*1・*2]

＊1　後年、文芸評論家の山本健吉は「調べ」でなく「季」を切り口に、芭蕉と蕪村の差異を指摘している（「古池の季節」『俳句私見』所収）。

＊2　芥川の蕪村批判は、蕪村を称揚し「蕪村派」と称された子規以降の「ホトトギス」派への批判でもある。「発句私見」では、調べにおいて、子規系の「大正びと」は「元禄びと」に及ばない、と指摘している。

高浜年尾に対して「俳句を考へてゐるのが楽しくて、小説の方が進まなくなつてしまふ」と言ったのに続き、芥川は「僕には仕事なんだから小説も書くが、本当は四十を過ぎなけりや小説は書けないよ」と言ったそうです。芥川はまた、次のように言う。

芭蕉は大事の俳諧さへ「生涯の道の草」と云つたさうである。すると七部集の監修をするのも「空《くう》」と考へはしなかつたであらうか？　同時に又集を著はすのさへ、実は「悪」と考へる前に「空」と考へはしなかつたであらうか？　寒山《かんざん》は木の葉に詩を題した。が、その木の葉を集めることには余り熱心でもなかつたやうである。芭蕉もやはり木の葉のやうに、一千余句の俳諧は流転《るてん》に任せたのではなかつたであらうか？　少くとも芭蕉の心の奥にはいつもさう云ふ心もちの潜んでゐたのではなかつたであらうか？

僕は芭蕉に著書のなかつたのも当然のことと思つてゐる。その上宗匠の生涯には印税の必要もなかつたではないか？

（『芭蕉雑記』）

芥川は「四十を過ぎなけりや小説は書けない」と言いながら、三十五歳で亡くなるまで「仕事」として小説を書き続け、そのかたわら「生涯の道の草」のような芭蕉俳諧を愛しました。

凩《こがらし》や目刺《めざし》に残る海の色　芥川龍之介

（大正六年）

蒼海《そうかい》の色尚存す目刺かな　高浜虚子

（昭和十九年）

この二句のどちらがお好きですか？　人気投票では芥川の圧勝だと思います。じつは私も中学生の頃、「凩」から「目刺に残る海の色」への転じにゾクッと来ました。たかが目刺でこんな大きな世界をつかむことができるのかと、以来、私は俳句少年になってしまったのです。

鮮やかな切れ味の芥川の句と比べ、虚子の句は「尚存す」のあたりがもたもたしています。鋭く冴《さ》えた芥川の俳句。虚子の句は一切の才知を消し去った、ただ俳句であるというだけの俳句。「私は神経が鈍い。芥川は神経質で潔癖で」と虚子が語った通り、三十五歳で亡くなった小説の鬼才の句と、八十五歳で亡くなった俳壇の大御所の句とは、見事に対照的です。

〈内田百閒〉の章——「現代随一の文章家」の俳句

内田百閒〔うちだ・ひゃっけん〕

一八八九（明治二十二）年〜一九七一（昭和四十六）年。岡山県生まれ。小説家・随筆家。生家は酒造家。東大独文科卒。学生時代より漱石門下。法大の独語教授を辞して、文筆に専念。夢幻的な心象を描く作品や人生の悲喜と機微をユーモアで包む名文随筆は多くの熱烈な読者を得た。飼い猫への深すぎる愛情を綴った随筆『ノラや』でも知られる。代表作に『冥途』『阿房列車』『百鬼園随筆』など。別号に百鬼園。俳句は十代より本格的に修業。

あやしく光る水

三島由紀夫は百閒を「現代随一の文章家」と評しました。「もし現代、文章というものが生きているとしたら、ほんの数人の作家にそれを見るだけだが、随一の文章家ということになれば、内田百閒氏を挙げなければならない」「百閒文学は、人に涙を流させず、猥褻感を起させず、しかも人生の最奥の真実を暗示し、一方、鬼気の表現に卓越している」「百閒の文章に奥深く分け入って見れば、氏が少しも難かしい観念的な言葉遣いなどをしていないのに、大へんな気むずかしさで言葉をえらび、こう書けばこう受けるとわかっている表現をすべて捨てて、いささかの甘さも自己陶酔も許容せず、しかもこれしかないという、究極の正確さをただニュアンスのみで暗示している、皮肉この上ない芸術品を、一篇一篇成就していることがわかる」(『日本の文学34』解説)。

秋立つや地を這《は》ふ水に光りあり　百閒

まだ暑い立秋の頃、庭に水を打った。這うように伝わってゆく水に日があたっている。そう読めば何ということもない句です。ところが、いったんこの水を意思あるもののように思ってしまうとどうでしょうか。「地を這ふ」と「光りあり」が意味ありげです。そんな場面が『東京日記』にあります。

辺りが次第にかぶさつて来るのに、お濠《ほり》の水は少しも暗くならず、向う岸の石垣の根もとまで一ぱいに白光りを湛〔たた〕へて、水面に降つて来る雨の滴を受けてゐたが、大きな雨の粒が落ち込んでも、ささくれ立ちもせず、油が油を吸ひ取る様に静まり返つてゐると思ふ内に、何だか足許がふらふらする様な気持になつた。

安全地帯に起《た》つてゐる人人が、ざわざわして、みんなお濠の方を向いてゐる。白光りのする水が大きな一つの塊りになつて、少しづつ、あつちこつちに揺れ出した。

昭和十年頃の日比谷交差点。電車がとまり、故障だから降りてくれと車掌が言う。予兆のような雨や水の描写があり、やがてお濠から「牛の胴体よりもつと大きな鰻が上がつて来て、ぬるぬると電車線路を数寄屋橋の方へ伝ひ出した」。このような絵空事を、百閒は平然と、無造作に描きます。その「名人芸」を三島はこう評しました。

お濠の水の白光と異常が語られ、「何だか足許がふらふらする様な気持になった」と、きわめて日常的表現で、こちら側の感覚の混乱が語られる。

読者はここまで来ればもう、更に次のパラグラフで、お濠の中から白光りのする水が一つの塊りになって揺れ出す異常事を、テレビのニュースを見るように、如実に見てしまうのである。

（三島前出）

短夜の浪光りつゝ流れ鳬《けり》　百閒

夏の短夜、浪が夜目に光っている。川か海かわからないが、読者は波立つ水面を思い描きます。立つ浪は表面だけのもので、水全体は、浪をのせて流れてゆく。巨大な鰻が出現するような事件は起こりません。しかし、この句には、ただの情景として看過できない、何かの気配が漂っています。百閒の句ですから。

大なまづ揚げて夜振りの雨となり　百閒

「夜振」は灯火《とうか》を用いた夜の漁。大きな鯰《なまず》を獲た。雨が降って来た。この鯰は沼の主で、その怒りが雨を呼んだのかもしれません。

百閒の作品には、水があやしく光るシーンがあります。たとえば伝染病のコレラを題材にした『虎列剌《コレラ》』の夜の海の描写がそうです。

足許の石垣の下で、浪が砕けるたびに、ぴかりぴかりと光るものがあつた。細い道が、あやふやな薄明りで、魚の腹のやうな色をして伸びてゐるけれども、直《す》ぐ先で闇との見境がなくなつてしまふ。後から何だかついてくるらしかつた。虎列刺と云う恐ろしいものが、わざと姿を消して、私共を追つかけてゐる様に思はれた。

夜の海は決して異様な景ではありません。しかし百閒の文章は無気味です。「光るものがあった」の「ものがあった」が曲者です。百閒の術中にはまった読者は、おや、そんなものがあったんだ、何だろう、と身構えるのです。

稲妻の消えたる海の鈍《にぶ》りかな　百閒

海上の稲妻。次の瞬間、海は再び鈍い色に戻った。百閒の句友の内藤吐天は「稲妻のさしている時は海も張切って活気がある様に見えたが、その後の気の抜けた様な暗い感じ」だと評しました（『百鬼園俳句帖漫評会』）。「稲妻」から「鈍り」への変化は天気の移ろいのようにも読めますが、私は、稲妻の一瞬の明滅と解したい。「消えたる」にスピード感がありますから。「海の鈍り」は一風変わった表現で、海が生きもののように、稲妻に反応しているような感じがします。

『風の神』は、風邪除《よ》けのまじないを題材にした作です。息を吐きかけることによって風邪の神が乗り移った「さんだらぼつち」を、子供の「私」が、夜の川へ流しにゆくのです。

私は、橋の袂《たもと》から暗い石段を踏んで、川岸に下りて行つた。さうして、水際にしやがんで、さんだらぼつちを流れに浮かした。水の面が白く光つて、川下の方は何となく浮き上がつてゐる様に見えた。川上は、川が町裏を真直ぐに流れてゐるので、先が細く見えるくらゐまで遠く、白い光が伸びてゐた。

帰ろうとすると、橋の下で米を磨《と》ぐような音が聞こえます。覗《のぞ》き見ると「白光りのする水が橋の影をうつした所だけ暗くなつてゐた。橋本の石で切られた水の波紋が、暗い陰をきらきらしながら流れてゐる外《ほか》には、なんにも見えなかつた」。そのときは何事もなかったが、寝ていた「私」を祖母が起こします。「まだそこいらにゐるか知ら。お前が寝てから、暫らくすると、足音もせぬのに、だれか表に来たやうだと思つたら、いきなり、格子をどんどんと叩いて「栄さん、栄さん」と二声お前を呼んだ。聞いたこともない声だから、あれはきつと小豆洗ひの狸にちがひない。お前をつれに来たのだらう」。「栄さん」は栄造。百閒の本名です。

鼠《ねずみ》を題材にした『忠奸』（「忠」は鼠のチュー）の中に、捕まえた鼠に石油をかけて点火し、河原に放つシーンがあります。

中島の磧《かわら》でやれば、あぶなくないから面白からうと云ふので、倉の者がみんな出かけて行くから、私もついて行つて見たら、暗闇の芝原の上を、赤い火が弓なりに走つて、その儘、草むらの中に這入つてしまつた。その上が少しばかりぼうと明るくなつたと思ふうちに、間もなく光りが消えて、磧がもとの通りの真暗闇になつた。磧の向うを流れてゐる川の水が、暗い中で時時きらきらと光るのが恐ろしくて、私は倉男の間に挟まれる様に身体をすりつけながら、帰つて来た。

岡山の造り酒屋の坊ちゃんだった百閒は、雇人に連れられ、燃えながら河原を走る鼠を見ました。「磧の向うを流れてゐる川の水が、暗い中で時時きらきらと光るのが恐ろしくて」は、幼な心のおののきです。

春月や川洲の砂の宵光り　百閒

春の宵、川の中州が月に照らされ、砂が光っている。百閒は夜の川をじっと見ていたのです。その印象は、さきほどの『風の神』や『忠奸』などの川の描写に通じます。『短夜』はこんなふうに始まります。

私は狐のばける所を見届けようと思つて、うちを出た。暗い晩で風がふいてゐた。町を少し行つてから、狭い横町に曲がり、そこを通り抜けて町裏の土手に上つた。私はその土手を伝つて、上手の方へ歩いて行つた。土手の下は草原で、所所に水溜りがあつた。歩いてゐる拍子に、時時その水溜りが草の根もとに薄白く光ることがあつた。

このの ち「私」は狐《きつね》に化かされ、禿山《はげやま》で夜を明かします。「薄白く光ることがあつた」の「ことがあつた」が意味ありげです。

古井戸の底の光や星月夜　百閒

星月夜は月のない晴れた夜。古井戸の底に光が見える。星が映っているのでしょうか。

高浜虚子に「爛々《らんらん》と昼の星見え菌《きのこ》生え」という句があります。怪作として知られ、井戸に星が映った、井戸の中から星が見えた、というような鑑賞もあります。虚子の「爛々」と比べると、百閒の句は無表情です。「古井戸」の「古」が少し思わせぶりではありますが。

光る、翳《かげ》る

死後の世を垣間見る《かいまみ》る『冥途《めいど》』はこんなふうに始まります。

高い、大きな、暗い土手が、何処から何処へ行くのか解らない、静かに、冷たく、夜の中を走つてゐる。その土手の下に、小屋掛けの一ぜんめし屋が一軒あつた。カンテラの光りが土手の黒い腹にうるんだ様な暈《かさ》を浮かしてゐる。私は、一ぜんめし屋の白ら白らした腰掛に、腰を掛けてゐた。何も食つてはゐなかつた。ただ何となく、人のなつかしさが身に沁むやうな心持でゐた。卓子《テーブル》の上にはなんにも乗つてゐない。淋しい板の光が私の顔を冷たくする。

「私」は亡父とおぼしき人物をこの一膳飯屋で見かけます。カンテラの光や「白ら白らした腰掛」や「淋しい板の光」が、冥途の景色のように描かれています。この薄ら明りのような光が俳句にも見られます。

内明りする土間の土凩《こがら》す　百閒

外は凩。戸を閉ざした土間の土のほのかな「内明り」は「淋しい板の光」と似た印象です。

春近し空に影ある水の色　百閒

「春近し」は気分的には明るい。しかし「空に影ある水の色」は奇妙です。空の色が水に映っているのであれば「水に色ある空の影」とするはず。ところがこの句は空に影がある。空に翳りのようなものがあるのでしょう。ただ明るいだけの空ではない。その空を映す水もまた空の影のために翳っている。微妙な明暗の感覚は小説にも見られるもので、以下は『件《くだん》』の冒頭です。「件」は顔が人間で体は牛の化物。主人公の「私」は或る日、件になってしまうのです。

> 黄色い大きな月が向うに懸かつてゐる。色許《ばか》りで光がない。夜かと思ふとさうでもないらしい。後《うしろ》の空には蒼白い光が流れてゐる。日がくれたのか、夜が明けるのか解らない。（略）件《くだん》の話は子供の折に聞いた事はあるけれども、自分がその件にならうとは思ひもよらなかつた。（略）そのうちに月が青くなつて来た。後の空の光りが消えて、地平線にただ一筋の、帯程の光りが残った。その細い光りの筋も、次第次第に幅が狭まつて行つて、到頭消えてなくならうとする時、何だか黒い小さな点が、いくつもいくつもその光りの中に現はれた。見る見る内に、その数がふえて、明りの流れた地平線一帯にその点が並んだ時、光りの幅がなくなつて、空が暗くなつた。さうして月が光り出した。その時始めて私はこれから夜になるのだなと思つた。今光りの消えた空が西だと云ふ事もわかつた。

こまごまとした光や明暗の描写が続きます。「黒い小さな点」は集まって来た人々の頭でした。一種異様な情景に思えますが、何のことはない、月が出て、日が暮れたのです。決してそれ自体が異変なのではない。しかし、光や点や空の様相をつぶさに描写すると、当たり前のことがそうでなくなるような感じがするのです。

元朝の薄日黄ろき大路かな　百閒

元日の朝日が黄色く濁っている。『件』の黄色い月は「色許りで光がない」。この句の太陽もたよりない薄日です。都会の空は煤塵《ばいじん》で濁っている。そう考えれば「薄日黄ろき」は常と変わらぬ景ですが、それが元日のことだとどこか不吉です。

秋雨の大路明かるく暮れに鳧　百閒

秋雨が降っています。日暮を急ぎながら、ふと空が明るいひとときがある。「明かるく暮れに鳧」という明暗の交錯は百閒の好むところです。

蜻蛉の広野を渡る曇りかな　百閒

「蜻蛉の広野を渡る」は広く明るい世界。「曇りかな」はささやかな暗転。

遠雷に風走る池の日なた哉　百閒

さきほどの句と逆に「遠雷に風走る」は不穏。「日なた哉」は中途半端に明るい。

夕闇に馬光り居る野分哉　百閒

『百鬼園俳句帖漫評会』に、次のようなやりとりがあります。桐明は百閒の句仲間です。

桐明　夕闇に馬光り居る野分哉

は、「尽頭子」の終の「また一陣の風が起こって、屋根の棟を吹き渡った。すると暗闇の中にいる馬の大きな目が、さっきの通りに光りを帯びて、爛爛と輝き渡ると同時に」という所を思い出しましたが。

百閒　昔そんな俳句があったね。「凩や馬の瞳の火と燃ゆる」。八重桜だったかな。（略）

桐明　それから来ているのですか。

百閒　来ているというのではありませんが、「尽頭子」の終りのところを書いている時、その凩の句が私の頭を去来した事は確かです。今でもはっきり思い出せるようです。しかしこの句とは関係ありません。

『尽頭子《じんとうし》』は「女を世話してくれる人があつたので、私は誰にも知れない様に内を出た。その女が、だれかの妾だと云ふ事は、うすうす解つてゐた」という一節から始まります。女の家にいると、旦那とその弟が帰って来た。女は「私」を弟子入り志願者だと旦那に紹介した。旦那は馬専用の灸師《きゆうし》。夜になり、旦那と弟は、新米の弟子の「私」を伴って巨大な厩舎《きゆうしや》に行く。「不意に大きな風が吹いて、屋根の上を渡つた。その途端に、屋根の下の暗闇の中で、何百とも知れない小さな光り物が、黒い炎を散らした様に、一時にぎらぎらと光つた」。「私」はうろたえた。再び一陣の風が吹くと、馬の目の光で旦那の弟の姿が見えた。「私」は悲鳴を上げて逃げ走った。馬の目の光に照らされた旦那の弟の顔が馬の顔になっていたのです。

百閒は、『尽頭子』と「夕闇に馬光り居る野分哉」とは「関係ありません」と否定しました。作者にとって、散文と俳句とがわかり易《やす》く対応していることを期待されるのは迷惑なだけでしょう。もっとも、狐に化かされた話の『短夜』と、「短夜の狐たばしる畷《なわて》かな」（夏の短夜、田んぼのあぜ道を狐が勢いよく駆けてゆく）という句とは無関係ではなさそうです。『短夜』では「そのうち不意に、短か夜が明け離れた」という一文で、狐に化かされていた「私」は正気に返る。「短夜」の句は作句年代が不明ですが、百閒の頭の中に短夜と狐とのつながりがあって、それが俳句にも現れたのかもしれません。

長梅雨や馬の目星の子を生みて　百閒

暗く長い梅雨。厩舎の中の馬の瞳にキラッと光る点をみつけました。「星の子」なら可愛《かわい》いものですが、『尽頭子』では、無数の馬の目が爛々と輝き渡ります。「元朝」と「薄日黄ろき」、「秋雨」と「大路明かるく」、「蜻蛉の広野」と「曇り」、「遠雷」と「日なた」、「夕闇」と「馬光り」など、百閒の句はしばしば、明と暗を並置します。ただし明暗を露骨に対照させるわけでなく、明るい中の一抹の翳り（あるいはその逆）を感じさせる句が多い。その中にあって次の句は明暗への興味が明らかです。

昼来し家を夜寒心に見て過ぎし　百閒

明るい昼にこの家に来たことを思い出しつつ、暗い夜、その家の前を通り過ぎた。明暗のみを異にする同じ情景を二重写しにして見せた句です。「夜寒心」は秋の夜寒をかこつ心です。

広庭に虻が陰食ふ日向かな　百閒

「虻が陰食ふ」の意味を問われた百閒は「虻がかげを食っている……」と身も蓋もなく答えました。「陰」は「影」かと問われ、「ああそうです『影』ですね」と答えています。広い庭の一角に虻がぽつんととまっている。虻は己が影を食っているように見える。「陰」と「影」で句意は変わりませんが、「日向」との対照のため「陰」と書いたのでしょう。黒い虻が黒い陰を食っているのは少し無気味です。

風が吹く

砂原の風吹き止まず朝の月　百閒

風が吹くのは怪異の兆候です。『件』にこんな一節があります。「月が西の空に傾いて、夜明けが近くなると、西の方から大浪の様な風が吹いて来た。私は風の運んで来る砂のにおひを嗅ぎながら、これから件に生まれて初めての日が来るのだなと思つた」。やがて人間たちが、件と化した「私」を取り囲みます。件となった「私」を吹き包んだ「大浪の様な風」。『尽頭子』の馬の目が光るシーンで吹いた風は「大きな風」でした。

木蓮や塀の外吹く俄風《にわかかぜ》　百閒

「漫評会」の出席者は、百間の作品の到《いた》る所に風が吹いていることを指摘し、「それを知っていて此の句を見ると、僕は少々ならず恐くなって来る」（桐明）と述べています。百間ファンは句中に風が吹いただけで怖いのです。

この句、「塀の外吹く」が変です。送風機ならともかく、自然の風が「塀の外」だけ吹くのは不自然です。塀の内側は風も通らないほど鬱蒼《うつそう》と茂っているのでしょうか。木蓮の咲く春に、それほど草木が茂っているとは思えません。

この句、推敲《すいこう》の前は「木蓮や塀の外行く俄風」でした。風が「行く」のは変です。「大浪の様な風」や「大きな風」もそうですが、ふつうの風でなく、形や大きさや、ときには意思を持った存在として風を描きたかったのでしょう。しかし「塀の外行く」だと、作者自身が塀の外を行くときに俄風が吹いたかのように誤読されかねません。それゆえに「行く」を「吹く」に直したものと推察します。

「塀の外吹く」とは何が言いたいのでしょうか。木蓮の咲く春の気分の中、「塀の外」だけ吹くヘンテコな風を吹かせてみたかったのでしょう。「漫評会」では木蓮は白木蓮だと評されていますが、私は、ふつうの紫木蓮《しもくれん》と解するのが素直だと思います。

この句に似た印象の句に「秋近き塀に風ある住居哉」があります。「塀に風ある」は、塀に風が吹きつけているのでしょう。「住居哉」は「すまいかな」と読む。間の抜けた下五ですが愚作ではない。夏が終わる頃の安心感と虚脱感が混ざった気分が感じられます。

軒風や雛《ひいな》の顔は真白なる　百閒

雛の顔が白いのは当たり前。にもかかわらず家を襲うような軒風が吹き、雛の顔が真白だとなると、ふと魔がさしたような感じがします。

町なかの藪《やぶ》に風あり春の宵　百閒

塀、軒、藪など景の一部だけに風を吹かせるのは百閒の手口です。町の中の藪が揺れている。風があるのです。よく見かける景ですが、それが何かの気配のようにも思えるのです。

音がする

水が白く光ったり、風が吹いたり、そして音がしたり。『木霊』は、赤ん坊を負ぶった女を追って過去の世界に迷い込む、という話。その中にこんな一節があります。

隙間から明りも洩れない真暗な家だつた。その前を通る時、自分の足音が微《かす》かに谺《こだま》してゐるのを聞いて、私はふとこの道を通つた事があるのを思ひ出した。私の足音が、一足づつ踏む後から、追ひかける様に聞こえたのを思ひ出した。

「いいえ、私の足音です」とその時一緒に並んで歩いた女が云つた。さうだ、その道を歩いてゐるのだと気がついたら、私は不意に水を浴びた様な気がした。

浮く虻や鞴《ふいご》の舌の不浄鳴り　百閒

虻が宙に浮いている春の昼、鍛冶屋の鞴が「不浄鳴り」をしている。「不浄鳴り」は「いやな音、不吉な音」（『百鬼園俳句帖漫評会』）。百閒が岡山出身ということもあり、私は「不浄鳴り」から『雨月物語』の「吉備津《きびつ》の釜」に出て来る鳴釜による吉凶の占いを連想しました。ただし鳴釜は、鳴らないほうが不吉なのです。

夜寒さの竿のたふれし音の近く　百閒

肌寒い秋の夜、竿が倒れた。高浜虚子門の野村泊月に「秋風に倒れしもののひゞきかな」という句があります。何かが秋風で倒れた音がする。何が倒れたかは見えていない。泊月の句は客観的な詠み方です。いっぽう百閒の句は、倒れたのが竿だという見当はついたのですが、竿がなぜ倒れたのかは謎です。

秋風の海に落ちたる音を聞けり　百閒
欠伸して鳴る頬骨や秋の風
箸おいて居睡る癖や秋の風
町に入る道ひろ〴〵と秋の風
五臓六腑絵解きの色や秋の風
種豚が猫鳴きするや秋の風

多彩な秋風の句が並んでいます。「秋風の海に落ちたる音」は句柄が大きい。「欠伸して鳴る頬骨」「箸おいて居睡る癖」は隠者風。「町に入る道ひろ〴〵と」は叙景。「五臓六腑絵解きの色」はキワモノ風。「大道で解剖図を懸けて薬を売っているあれですか」と問われ、百閒は「学校の解剖室にもありますよ」と答えています。さらにキワモノの度合が高いのが「種豚」です。種豚として飼われている豚が、猫のように鳴いたのです。

昼

異変は昼にも起こります。——「午過ぎに誰だか知らない男が玄関に来た。私が出ると妻に会はせろと云つた。汚い縞の著物を著て、靴を穿いてゐた。顔にぶつぶつしたものが出て、声のふるへてゐるのが気になつた」（『疱瘡神』）、「春の末らしかつた。あたたか過ぎる日の午後、空一ぱいに薄い灰雲が流れて、ところどころ、まだらなむらが出来て居た」（『柳藻』）——百閒はときどき俳句に「昼」を詠みます。

茶の花を渡る真昼の地震かな　百閒
山村に昼の地震や梨の花
丘に住んで秋雲長き昼寝哉
昼酒の早き酔なり秋の風
昼火事の火の子飛び来る花野哉
檻の虎見てあれば昼花火とゞろ
岸壁の昼のこほろぎに船出する
昼鳶の大路を走る時雨《しぐれ》かな
饂飩《うどん》屋の昼来る町や暮の秋

睡眠、酒、火事、花火、コオロギなど、夜を思わせるものを「昼の○○」と詠んだ句です。

火事の「火の粉」を「火の子」と書いたのは百閒らしい。「昼鳶」は昼の空き巣。うどん屋は夜鳴うどん。芥川龍之介に「燭台や小さん鍋焼を仕る」（高座に燭をともし、三代目小さんが演じる「うどんや」が鍋焼を作っている）という句があります。「昼の地震」は夜ほど怖くない。百閒の昼の句には、気の抜けたような、不景気な「昼」の気分が漂っています。

俳人百閒の「欠点」

ここまでに拾った句はほぼ四十句。百閒の句は概《おおむ》ねこんな感じです。三島由紀夫が絶賛した散文と似た雰囲気を持っていません。いっぽう詩人の平出隆《ひらいでたかし》は百閒の句の「欠点」を指摘します。百閒の句は「切れというものへの意識」が弱い、と平出は言う。その一例として、正岡子規の「痰《たん》一斗糸瓜《へちま》の水も間に合はず」に対する百閒の感想がその「欠くところを曝してもいる」と言います（『俳句と随筆の間』ちくま文庫『百鬼園俳句帖』解説）。

糸瓜水は去痰の薬です。この句は「『痰一斗』という病軀にあっては、糸瓜水くらいではもう効きめがない」（宮坂静生『子規秀句考』）という意味です。ところが百閒は「句意を考えて見ると、私には何の事だか、丸で分からない」と言う（『俳句放談』）。句意明瞭な「痰一斗」の句を前にして、百閒は何に戸惑ったのでしょうか。

この句は形の上では「痰一斗」で切れます。意味の上では、痰一斗と糸瓜の水は「去痰」でつながっている。ところが百閒は「上五とその下とに、だから何がどうと云う程の繫《つな》がりもないのかも知れない」と言う。もしかすると百閒は意味の上でも「痰一斗」で切れていると誤解したのかもしれません。

俳句の切れの代表例は「古池や蛙《かわず》飛こむ水のおと」の「古池や」です。古池に蛙が飛び込むのですから「古池」と「蛙」は意味の上でつながっています。しかし形の上では「古池や」で切れている。この切れによって鑑賞の自由度が増し、「実在の池ではなく、おのずから醞醸《うんじよう》されていた胸裡の古池であっていっこうさし支えない」（加藤楸邨《しゆうそん》『芭蕉全句』）という鑑賞も可能になります。ところが百閒の句は、俳句の「切れというものへの意識が弱く、せっかく離れてあるものをまた繫ぎなおすような癖がある」「筆を離すべきところで離さない」と平出は指摘します。ふつうの俳人なら「学校の上に絵凧が唸りけり　百閒」は「学校の上なる絵凧唸りけり」、「藩黌《はんこう》の県立となり桐の花　百閒」は「県立となる藩黌や桐の花」、「裏山の峯に灯のある夜の長き　百閒」は「裏山の峯に灯のあり夜の長き」、「雨音の庭木に澄みて夜の長き　百閒」は「雨音の庭木に澄むや夜の長き」、「岸壁の昼のこほろぎに船出する　百閒」は「岸壁に昼のこほろぎ船は出づ」とでもすることでしょう。百閒の句には、切るべきところで切らないケースが散見されます。

しかし百閒に切れを説くのは、角を矯《た》めて牛を殺すようなものかもしれません。平出は、百閒における「切れへの感覚的認識のずれ」を指摘しつつ、むしろその「欠点」を逆手にとって「筆を離すところで離さないような特徴は、反対に、虚実を自在に操る随筆とのからみへと感想の舳先を誘うのである」と論じます。平出は、切れの弱さという百閒俳句の文体の特徴を、「虚実を自在に操る随筆」という百閒文学の本質に結びつけました。

ここでもう一度、三島由紀夫の言葉を借りましょう。三島は、泉鏡花と百閒を対照させ、「お化けや幽霊を実際信じていたらしくて、文章の呪術的な力でそれらの影像を喚起することのできた泉鏡花のような作家と、百閒は同じ鬼気を描いても対蹠的な場所にいる」と論じました。「異常事、天変地異、怪異を描きながら、その筆致はつねに沈着であり、どこかにきちんと日常性が確保されているから、なお怖い」という『東京日記』の手法を、三島は「一節一節の漸層法」と呼びました。漸層法とは語句を重ねて次第に文意を強めてゆく手法。ここでは、日常的な現実から出発し、次第次第に、読者を怪異の側へ誘導してゆくことを意味します。

日比谷交差点のシーンの「何となく落ちて来る滴《しずく》に締まりがない様で」というフレーズは「単なる現実の雨の感覚的描写」でありながら「異常事の予兆」でもあり、このフレーズが

「現実と超現実の間の橋」となっています（三島）。鏡花と違って怪異そのものを信じていない百閒は、自分と同様に怪異を信じていない読者に「鬼気」を味わわせるため、現実から超現実へ漸層的に移行するような書き方をしたのです。

そこには俳句の切れに通じる発想の飛躍や文脈の断絶はなく、むしろ、なめらかなグラデーションのような状況変化の描写を重ねることで怪異（巨大な鰻の出現）にたどりつくのです。三島のいう「一節一節の漸層法」と、「筆を離すところで離さないような特徴は、反対に、虚実を自在に操る随筆とのからみへと感想の舳先を誘う」という平出の指摘は、同一の百閒らしさを捉えています。平出はまた「随筆において会得され鍛えられた捕獲の極意のようなものが、俳句の形の中に戻りきれないでいる」と言っています。たしかに、読者を徐々に怪異へ導いてゆく散文の「漸層法」と、切れ（飛躍や断絶）を重視する俳句の文体とは、相性が悪そうです。

冬近き水際の杭のそら乾き　百閒
竜天に昇りしあとの田螺《たにし》かな

一句目は秋も終わりの景。水が減った水路の杭が露《あらわ》になっている。そら乾きのそらは、空耳や空音のそら。水際の杭は乾いているような、いないような。

二句目。春分の陽気を得て竜が天に昇る。想像上の現象が俳諧の季語になっています。田螺も春の季語。竜が天に昇ったあとに、ぽつねんと田んぼにいる田螺。「杭のそら乾き」という無意味な細部へのこだわり。「竜」と「田螺」の虚実の交錯。もしかすると、この二句だけで百閒の俳句が語れるかもしれません。

〈横光利一〉の章——作中人物に俳句を作らせる

横光利一〔よこみつ・りいち〕

一八九八（明治三十一）年〜一九四七（昭和二十二）年。福島県に生まれ、三重県伊賀で少年期を過ごす。小説家。早大中退。川端康成らと「文芸時代」を発刊し、新感覚派の花形としてプロレタリア文学派に対抗。戦時下で未完となった長編『旅愁』など、常に小説の新領域に挑み、「昭和初期を代表する作家」「文学の神様」とも呼ばれた。代表作に『日輪』『機械』など。俳句にも熱心に取り組み、俳人石田波郷《はきょう》、石塚友二らと深く交流した。

『旅愁』

横光の長編『旅愁』の岩波文庫上巻のカバーに「日本的精神主義を重んじる矢代と西洋的自然主義に偏する久慈は、パリの空の下、議論の火花を散らす。それは欧洲取材を経て戦前から戦後へと本作を書き継いだ横光利一（略）の文化・文明論の投影でもある」とあります。この欧州取材で横光は高浜虚子と同船しました。田辺聖子が杉田久女《ひさじょ》を描いた『花衣ぬぐやまつわる……』にこんな場面があります。昭和十一年二月、横浜を発《た》って門司《もじ》に寄港したさい、福岡在住の久女とその仲間が、渡欧の虚子を見送るべく、船に乗り込んできたのです。

そこへ横光利一が通りかかった。若い女性が集っているのをいぶかしんで、どうしたのかと聞いてくれた。彼女たちはこもごも、虚子を見送りにきたがまだ会えないといい、染筆を頼むために短冊を持ってきていることなど話すと、横光は、寒空に待っている彼女たちに同情して

「じゃあ、ぼくが書きましょう」

といって、「鳥飛んで鳥に似たり　利一」と道元禅師の句を書いて縫野いく代さんに渡した。そのあともしばらく待ったが、虚子はあらわれない。久女はいらいらと青い顔にな

っていた。

横光の人生と久女の人生が交錯した瞬間です。このとき横光三十七歳。久女の俳句仲間の文学好きの婦人たちの目にさぞかし眩《まぶ》しく映ったことでしょう。

横光は虚子と船中で句会をともにしました。虚子の『渡仏日記』に昭和十一年三月三日「午後四時から、スモーキング・ルームの外のヴエランダで句会をすることになり、スモーキング・ルームに、女ボーイの八木さんが、章子が出発の時に貰つた二三の雛を飾つて呉れた。雛祭、更衣の題で句会」とあります。虚子は「衣更て海穏かになりにけり」、横光は「衣更はるかに椰子の傾ける」と詠みました。横光の『欧洲紀行』にも「雛祭り。洋上句会あり。詠題は雛と衣更。私の句は三つ虚子氏の選に入る」とあります。虚子選に入選した「はるかに椰子の傾ける」は南国風の広やかな遠景です。

四月十七日、パリ日本人会の歓迎晩餐会《ばんさんかい》があり、「食事がすんでから、別室で講演をやることになつた。横光君が先づ近代文学の傾向並に自分が渡仏した感想等を述べて、次に私は俳句の話をした。それから、殆ど全部の人が俳句を作ることになつた」（『渡仏日記』）。横光は「コンコルド女神にかゝる春の水」と、広場の噴水を詠みました。参加者の句に「たんぽゝや故郷を思ふ道のほど　荻須《おぎす》」があります。当時パリにいた画家の荻須高徳《たかのり》が横光と虚子の講演を聞きに来ていたのでしょう。

この渡欧体験をもとに横光は『旅愁』を書きました。この大作の問題意識は東西文明の相克です。その中で俳句は日本の伝統を体現するものとして扱われています。作中に東野という俳人が登場します。世慣れた年長者で若者との議論を好む。情に厚く、硯《すずり》や和紙など日本文化の愛好者。ルクサンブール公園の公衆便所の中で句を作るなど、自由気儘《きまま》でコミカルなところもある。この人物は、虚子がモデルといわれています。

東野は行く先々で句を披露し、旅の仲間に句の手ほどきをします。パリの本屋に平積みになっている芭蕉句集を見ると「二百年もたつと、芭蕉もこんな所へ出るんだね」と言う。或《あ》る男爵が「世界に俳句を拡《ひろ》めたら、世界は見違えるように美しくなる。芭蕉の思想は孔子以上だ。静寂でいてそのくせ千変万化するところはどこかベルグソンにも似ている」と言うと、東野は「ところがまた、俳句界ほど論争の多いところは、世界に稀《まれ》だ」とまぜっかえす（虚子が言いそうなことです）。ノートル・ダム寺院は「見れば見るほど俳句に似て見えて来る」と言う。「これが蛙《かわず》飛び込む水の音かね」とつっこまれると「空の音だよ」と応じる。横光は、東野にこんなことを言わせます（要約して引用）。

ノートル・ダムはパリの伝統を、俳句は日本の伝統を代表する。ノートル・ダムの建築の対象は空だ。俳句の対象は季節だ。季節といっても春夏秋冬じゃない。それを運行させている自然の摂理をいう。これは物と心の一致した理念だから、神を探し求める精神の秩序ともいうべきだ。ここに知性の抽象性のない筈《はず》はない。それがあればこそ伝統を代表している。俳句は花鳥風月という自然の具体物に心を向けるが、その精神は具体物を見詰めた末にそこから放れるという、客観的な分析力と綜合力《そうごうりょく》がある。ここに初めて科学を超越した詠歎《えいたん》の美という抒情《じょじょう》が生じる。しかし抒情が生じただけではまだ完全な俳句と云《い》い難い。さらに転じてどのような人間の特質の中へも溶け込む、いわば精神の柔軟性という飛躍が必要だ。

俳人のペースに巻き込まれた西洋派の久慈は「俳句のこととなると、どうしてこんなに皆の心がにこにこと柔ぎそめるのか、妙な日本人の体質だ」と首をひねる。

横光は『旅愁』の作中人物に句を作らせました。「白鳥の花振り別けし春の水　東野」（白鳥が、春の水に浮んだマロニエの落花を振り分けながら進んでいった）。「白鳥の巣は花に満つ春の森矢代」（春の森の中、白鳥の巣はマロニエの落花で一杯だ）。「円木の揺れやむを見て青き踏む　真紀子」（公園の遊動円木の揺れが止《や》んだ。それを見届けておもむろに、春の青草を踏んでゆく）。「待つ朝の鏡にうつす青落葉　真紀子」（人を待つ朝。鏡に青い落葉が映っている）。「荷造りのくづれ痛め

る冬の旅　真紀子」（恋人と別れ、荷物のように帰国する我が身。荷造りが崩れ、痛むような思いの冬の旅）。「冬薔薇の芯すひ落すローリング[*1]　東野」（冬薔薇の芯を吸って落としてしまった。ローリングする船の中で）。「菜の花の茎めでたかれ実朝《さねとも》忌《き》　東野」（すいと伸びた菜の花の茎は春のめでたさ。今日は悲劇の青年将軍源実朝の忌日だ）。「蝶二つ飛びたつさまの光かな[*2]　矢代」（飛ぼうとする二頭の蝶さながらの我々に、祝福の光が降り注ぐ）。「蝶二つ一途に飛ばん波もがな　東野」（蝶が二頭ひたすらに海の上を飛ぼうとしている。その蝶たちのため、波よあれ）。

　これらの俳句は横光の作として横光全集に収録されていますが、どれもさしたる句ではありません。東野以外は初心者です。句が巧《うま》すぎても不自然です。しかし書生風の議論と煮え切らない恋模様がえんえんと続くこの長編にとって、端々に挟まれる俳句は幕間のコントのように心地よい。俳句のこととなると皆の心がにこにこと柔らぐのです。そこには滑稽味すら漂います。『旅愁』には横光の俳句愛が感じられます。ただしそこで語られる俳句観は「日本の伝統」という常識を出るものではありませんでした。

＊1　渡欧の船中、横光も参加した二月二十九日の句会に虚子は「春潮や窓一杯のローリング」という句を出した。
＊2　主人公が婚約者に宛てた作。

『微笑』

作中人物に句を作らせる横光の手法が俳句の深部に触れたのは、絶筆となった短編『微笑』においてです。作品の舞台は太平洋戦争末期。新兵器の開発に携わっているという帝大生（俳号・栖方《せいほう》）が、梶《かじ》（横光自身とおぼしき主人公）の前に現れます。軍事機密保有者として憲兵に監視されている栖方は数学の天才。鋭いひらめきと無垢《むく》さを持っていますが、妄想狂のようでもある。この危なげな青年は、梶の家でこんな句を詠みます。

わが影を逐《お》いゆく鳥や山ななめ

青葉の色の滲《にじ》むほうに顔を向け、栖方は即吟で詠みました。三浦半島の葉山の山の斜面に鳥が迫っていった四月の景の嘱目《しょくもく》だというのですが、季語はありません。梶が「幾何学的」と感じたこの句には奇妙な味わいがあります。鳥の種類が特定されていません。芭蕉《ばしょう》の「此秋《この》は何で年よる雲に鳥」と同じです。鴉《からす》でも鳩《はと》でもない抽象的な鳥。マグリットの「大家族」（暗い海と空を背景に鳥の形の青空を描いた絵）のように、ただ鳥であるとしか言いようがない鳥。「わが影」は鳥が斜面に曳《ひ》く影でしょう。斜面を走る自分の影を追うように、鳥は山へ迫ってゆく。山は概《おおむ》ね円錐《えんすい》ですが、その一面だけを捉えて「ななめ」といった。幼いような、しかし生々しい言葉遣いです。

この句を詠む前に、栖方は子供の頃の思い出を梶に語ります。


朝学校へ行く途中、その日は母が栖方と一緒であった。雪のふかく降りつもっている路《みち》を歩いているとき、一羽の小鳥が飛んで来て彼の周囲を舞い歩いた。少年の栖方はそれが面白かった。両手で小鳥を摑《つか》もうとして追っかける度に、小鳥は身を翻して、いつまでも飛《〔と〕》び廻《まわ》った。

「おれのう、もう摑まるか、もう摑まるかと思って、両手で鳥を抑えると、ひょいひょいと、うまい具合に鳥は逃げるんです。それで、とうとう学校が遅れて、着いてみたら、大雪を冠《かぶ》ったおれの教室は、雪崩でぺちゃんこに潰れて、中の生徒はみな死んでいました。もう少し僕が早かったら、僕も一緒でした。」

栖方は後で母にその小鳥の話をすると、そんな鳥なんかどこにもいなかったと母は云ったそうである。梶は訊《き》いていて、この栖方の最後の話はたとい作り話としても、すっきり抜けあがった佳作だと思った。

「鳥飛んで鳥に似たり、という詩が道元にあるが、君の話も道元に似てますね。」

梶は安心した気持でそんな冗談を云ったりした。

（『微笑』）

鳥飛んで鳥に似たり――鳥が飛ぶ。それがすなわち鳥のようなものだ。この言葉は、分析的な理性と違う直観即本質の考え方です。栖方は小鳥の幻影で難を逃れ、こうして生きている。その奇矯さを含め、あるがままの栖方が栖方そのものである。梶は栖方の全てを受け入れたのです。「鳥飛んで鳥に似たり」は、かつて門司に寄港中の船の上で、横光が久女たちに書いて与えた言葉でした。

梶は栖方に狂気を感じます。栖方は「方言のなまりなつかし胡瓜《きゆうり》もみ」という句も詠みました。啄木《たくぼく》の「ふるさとの訛《なま》りなつかし……」の模倣です。栖方と同郷の梶の妻が胡瓜もみでもてなしてくれたことへの挨拶で、栖方の素朴な面が表れています。

「もう僕を助けてくれているのは、俳句だけです。他のことは、何をしても苦しめるばかりですね。もう、ほッとして」と話す栖方は、分裂を抱えた人間でした。栖方の両親は「左翼で獄に入った」父と「実家が代代の勤皇家」の母が離別。栖方自身にも田舎出身の純朴な青年と、天才を恃《たの》んで新兵器を開発する野心家と、二つの顔がある。栖方の分裂は「方言のなまりなつかし胡瓜もみ」と「わが影を逐いゆく鳥や山ななめ」という対照的な二句に表れています。

「丘の別れ」

横光の句集に「橙《とう》青き丘の別れや蟬時雨《せみしぐれ》」が収録されています。『微笑』の作中、栖方の「学位論文通過祝賀俳句会」で梶はこんな句を詠みました。

橙青き丘の別れや葛《くず》の花
日ぐらしや主客に見えし葛の花

この二句が詠まれた場面を引きます。

枝をしなわせた橙の実の触れあう青さが、梶の疲労を吸いとるようであった。まだ明るく海の反射をあげている夕空に、日ぐらしの声が絶えず響き透っていた。

「これは僕の兄でして。今日、出て来てくれたのです。」

栖方は後方から小声で梶に紹介した。東北なまりで、礼をのべる小柄な栖方の兄の頭の上の竹筒から、葛の花が垂れていた。句会に興味のなさそうなその兄は、間もなく、汽車の時間が切れるからと挨拶をして、誰より先に出ていった。

「橙青き丘の別れや葛の花」

梶はすぐ初めの一句を手帖に書きつけた。蟬の声はまだ降るようであった。ふと梶は、すべてを疑うなら、この栖方の学位論文通過もまた疑うべきことのように思われた。それら栖方のしていることごとが、単に栖方個人の夢遊中の幻影としてのみの事実で、真実でないかもしれない。いわば、その零のごとき空虚な事実を信じて誰も集り祝っているこの山上の小会は、いまこうして花のような美しさとなり咲いているのかもしれない。そう思っても、梶は不満でもなければ、むなしい感じも起らなかった。

「日ぐらしや主客に見えし葛の花」と、また梶は一句書きつけた紙片を盆に投げた。

「丘の別れ」は栖方の兄との別れです。葛の花、青い橙、蜩《ひぐらし》など、梶は眼前の景をたんたんと詠みました。「橙青き丘の別れや葛の花」は、作中の句会の題が「葛の花」だったので、横光の句の「蟬時雨」を「葛の花」に変えて梶の句にしたのです。「日ぐらしや」は蜩の声。「主客に見えし葛の花」はわざわざ「見えし」といって視覚を強調しました。「見えし」があることによって、逆に蜩が聴覚の対象であることが意識されます。

戦争末期、ただの妄想狂かもしれない栖方という青年を囲み、人々は束《つか》の間《ま》を俳句に遊びました。そのさまを、梶は「花のような美しさとなり咲いている」と形容しました。

石田波郷に向かって横光はこう言ったそうです。「今の青年は自意識過剰の泥にまみれてゐるんですよ。これを洗ひ流さなけりゃ小説など書けるもんぢゃないんだね。俳句は、つまり自意識の泥を洗ひ流すためには、ぜひやらなけりゃならんのですよ」（『石田波郷全集』第九巻）。

「今の青年」といっても昭和十年代です。新感覚派と呼ばれ、文壇の前衛であり続けた横光は、自意識からの解放を俳句に求めました。『旅愁』と『微笑』に登場する自意識にまみれた青年たちは、俳句に心を遊ばせます。いっぽう横光自身は、作中人物のそれぞれにその人物らしい句を吐かせるため、作中人物の俳句を「代作」しました。作中人物は俳句に遊びますが、作中世界の支配者である小説家横光は、その自意識ならぬ方法意識から逃れられない。

『旅愁』は未完でした。『微笑』は栖方の死を以《もっ》て終わります。

ある日、梶は東北の疎開先にいる妻と山中の村で新聞を読んでいるとき、技術院総裁談として、わが国にも新武器として殺人光線が完成されようとしていたこと、その威力は三千メートルにまで達することが出来たが、発明者の一青年は敗戦の報を聞くと同時に、口惜《くや》しさのあまり発狂死亡したという短文が掲載されていた。疑いもなく栖方のことだと梶は思った。

「栖方死んだぞ。」

梶はそう一言妻に云って新聞を手渡した。一面に詰った黒い活字の中から、青い焔《ほのお》の光線が一条ぶつと噴きあがり、ばらばらッと砕け散って無くなるのを見るような迅《はや》さで、梶の感情も華ひらいたかと思うと間もなく静かになっていった。みな零になったと梶は思った。（『微笑』）

横光の『微笑』は、梶、栖方を通じて人と俳句の関係を描き出しました。そこには『旅愁』と同様の俳句愛と、『旅愁』以上に深い俳句への洞察が感じられます。

〈宮沢賢治〉の章――俳句を突き破って現れる詩人の圭角《けいかく》

宮沢賢治〔みやざわ・けんじ〕

一八九六（明治二十九）年～一九三三（昭和八）年。岩手県生まれ。盛岡高等農林学校卒。詩人・童話作家・農芸化学者・農村指導者・宗教思想家。花巻の裕福な家に生まれ、中学時代から短歌に親しむ。法華経に深く帰依し、農業、芸術、科学、宗教の一体化を希求。結核闘病と恵まれない人々への献身的生活の中から『春と修羅』『銀河鉄道の夜』『雨ニモマケズ』などの多くの詩や童話を生み出す。没後に評価が高まり、国民的支持を獲得。

「雪の風」と「みぞれのそら」

宮沢賢治の俳句で現存するのは三十句ほど。その中には俳人の作と一風異なる、詩人ならではの魅力のある作品が見られます。

おもむろに屠者は呪したり雪の風　賢治

「屠者」は屠畜を行う人。「呪す」は祈りの言葉を唱える。屠者が、屠殺された獣畜に対し、呪文めいた祈りをささげる。「おもむろ」は「ゆっくり」。粛々と、神妙に、獣畜の霊に語りかけるのです。

重い句です。内容が重い。屠畜は、人が生きるため他の生きものの命を奪う行為。この罪悪めいた意識は『よだかの星』をはじめ、賢治の作品に見られるものです。

一語一語が重い。「おもむろ」は緩慢で重々しい。「屠者」も「呪したり」も言葉の響きが重い。「雪の風」も、雪の重みや湿りけを風に注入したかのような、重い感じがします。軽めに詠むなら「おもむろに屠者は呪したり雪に風」とか「おもむろに屠者は呪したり風と雪」のように、雪まじりの風、風まじりの雪を描けばよい。しかし「雪に風」「風と雪」では「おもむろに屠者は呪したり」という濃密なフレーズを支え切れない。鈍重に見える「雪の風」がこの句にふさわしい。

この句には、もとになった原詩があります。『春と修羅第二集』四一五です。

暮れちかい
吹雪の底の店さきに
萌黄いろしたきれいな頸を
すなほに伸ばして吊り下げられる
小さないちはの家鴨の子
……屠者はおもむろに呪し
鮫《さめ》の黒肉《み》はわびしく凍る……
風の擦過の向ふでは
にせ巡礼の鈴の音

「おもむろに屠者は呪したり」は、この詩の「屠者はおもむろに呪し」に由来します。「雪の風」に対応するのは、詩の中では「吹雪」と「風の擦過」。原詩に忠実に俳句化するなら「おもむろに屠者は呪したり吹雪く中」あるいは「おもむろに屠者は呪したる吹雪かな」でしょう。

しかし、賢治はこの詩を俳句にするとき、吹雪を雪と風に分解しました。しかも雪を風に塗り込めるような、「雪の風」という重い調子の措辞を用いています。

○○の風という言い方は、日常的には山の風、朝の風などと用います。賢治もまた、詩の中で○○の風を自由に使っています。「れいろうの天の海には／聖玻璃《せいはり》の風が行き交ひ」(「春と修羅」)、「大循環の風よりもさはやかにのぼつて行つた」(「青森挽歌」)、「まさしく吹いて来る劫《カルパ》のはじめの風」(「風景とオルゴール」)、「明るい丘の風を恋ひ」(「北上山地の春」)、「高みの風の一列は／射手のこっちで一つの邪気をそらにはく」(『春と修羅第二集』一五五)、「麻のにほひやオゾンの風」(『春と修羅第二集』一五七)といったぐあい。俳人がオヤッと思う「雪の風」も「聖玻璃の風」などと比べれば何でもない。

鮫の黒肉わびしく凍るひなかすぎ　賢治

原詩は「屠者」の句と同じ。俳句らしくするには「鮫の肉凍りて黒き真昼かな」と書けばよい。主観の露呈と冗長さを嫌う俳句にとって「わびしく」は甘い。「ひなかすぎ」は緩い。「わびしく凍るひなかすぎ」は形式の緊縛を感じさせない、ぐずぐずのフレーズです。にもかかわらず、というより、だからこそ、鮫が肉塊となったさまを見たときの「わびしいなあ」という心の呟《つぶや》きがそのまま伝わってくるような感じがします。

岩と松峠の上はみぞれのそら　賢治

「岩と松がある。この峠の上には、霙《みぞれ》を降らす暗い空が広がっている」という句意。「みぞれのそら」に、さきほどの「雪の風」と同様の重さを感じます。

この句の原詩は『春と修羅第二集』にある「五輪峠」です。その一節を引きます。

向ふは岩と松との高み
その左にはがらんと暗いみぞれのそらがひらいてゐる
そこが二番の峠かな

「岩と松峠の上はみぞれのそら」は、詩の三行分に相当します。

「みぞれのそら」は六音、字余りです。字余りのない形にしたければ「岩と松峠の空はみぞれかな」「岩と松空はみぞれの峠かな」などとすればよい。しかしこの句は「峠の・上は・みぞれの・そら」と、一語一語を刻むように詠まれています。「みぞれのそら」の字余りが、句の調子を重いものにしています。

賢治の詩にも「みぞれの○○」という表現が見られます。「さゝやく風に目を瞑り／みぞれの雲にあへぐもの」（「凍雨」）、「あの山岨《やまそわ》のみぞれのみちを／あなたがひとり走ってきて」（「早春独白」）など。詩の中では「みぞれの雲」も「みぞれのみち」も自然体で用いられています。

ところが「みぞれのそら」を俳句の下五に使うと字余りになります。普通の俳人なら字余りを避けて「みぞれそら」と書く、と石寒太は言います（『宮沢賢治の全俳句』）。菅原閧也《ときや》は、「峠の上は」と中七に「は」を用いたこと、「みぞれぞら」でなく「みぞれのそら」と六音にしたことがこの句を散文化したと指摘します（『宮沢賢治―その人と俳句』）。たしかに俳人の目で見ると「峠の上はみぞれのそら」は下手です。しかし俳句のメガネを外して見ると、「峠の・上は・みぞれの・そら」という訥々《とつとつ》とした調子は、賢治の声を聞くような感じがします。

詩の中では、「向ふは岩と松との高み／その左にはがらんと暗いみぞれのそらがひらいてゐる」という賢治の言葉はのびやかに響きます。ところが俳句の中では「みぞれのそら」が字余りになる。賢治にとって俳句は窮屈だったでしょう。字余りを避けて「みぞれそら」「みぞれぞら」とすると、「みぞれ」が「そら」の一部になってしまう。賢治は「みぞれ」と「そら」が別々の言葉として、それぞれが一語一語として粒立っていることにこだわったのだと思います。

賢治は「みぞれのそら」という六音のフレーズを、俳句の下五に押し込みました。その結果、詩人の腕力が俳句を歪《ゆが》ませたような、独自の趣の俳句が生まれました。

菊の連作

賢治の俳句三十余句のうち、ほぼ半数が菊の連作と呼ばれる一連の作です。菅原閑也によると、地元花巻の愛好家が催す「東北菊花品評会」の賞品として、賢治に対して短冊染筆の依頼があった。しかし賢治は短冊を書かぬうちに亡くなり（昭和八年、三十七歳）、染筆の練習をした障子紙や美濃紙《みのがみ》に書かれた句が現在に伝えられています。賢治を敬慕する花巻の人々に、賢治が誠実に応対していた様子が想像されます。

菊花展の賞品の短冊には菊を詠んだ無難な句が並んでいるのだろうと想像するところですが、賢治の句はどれも面白い。ふつうの句として巧《うま》い句と、個性的な句があります。

魚灯《ぎよとう》して霜夜の菊をめぐりけり　賢治
魚灯してあしたの菊を陳《なら》べけり

句形が美しい。魚油を燃す灯火をともし、明日に迫った菊花展の準備をするのです。

花はみな四方に贈りて菊日和　賢治

丹精して育てた菊は皆、近隣四方に分け与えてしまった。菊のなくなった我が家は、今日、気持の良い菊日和である。

水霜をたもちて菊の重さかな　賢治

水霜は露が凍ったもの。菊におりた露が凍ったままである。水霜で重たげな菊。

大管の一日ゆたかに旋《めぐ》りけり　賢治

管物の大輪。管状の花弁は悠然と、旋回するごとく。秋の日の豊かな時間。
次に個性的な句、普通の俳人はこうは作らないだろうという句を拾います。

灯に立ちて夏葉の菊のすさまじさ　賢治

「夏葉の菊」をどう解するか。石寒太と菅原関也は「夏菊」（夏に咲く菊）と解します。私は、まだ花の咲いていない、葉ばかりの菊を「夏葉の菊」といったのではないかと思います。「灯に立ちて」は灯の下にすっくと茎を伸ばしている。秋になってもまだ夏のような葉ばかりの菊を「すさまじ」と感じたのではないでしょうか。「すさまじ」は秋の季語。秋の寒々とした感じです。この句、「灯に立ち」「夏葉の菊」「すさまじ」という、それぞれの語に力が漲《みなぎ》っています。

たそがれてなまめく菊のけはひかな　賢治
たうたうとかげらふ涵《ひた》す菊の丈

一句目、暮色の中の菊の姿に思わぬなまめかしさを感じました。「なまめく」だけだと語感が露《あらわ》なので、「けはひかな」で暈《ぼか》しを入れています。

二句目の「かげらふ涵す」は、日当りの良いところに置いた菊のまわりに陽炎《かげろう》が立っている。「菊の丈」から陽炎の高さが想像されます。「たうたう」は蕩蕩《とうとう》。この二句、「なまめく」「たうたう」という思い切った言葉が効果を上げています。

狼星《ろうせい》をうかゞふ菊のあるじかな　賢治

「狼星」はシリウス。「うかゞふ」は「そっと様子を探る」。菊の愛好家は星にも興味があり、夜空の狼星をうかがい見ている。「狼星」と「菊のあるじ」との出合いが新鮮です。

斑猫《はんみょう》は二席の菊に眠りけり　賢治

二席の菊に、ハンミョウが静かにとまっている。昼間は活発に飛びめぐる虫ですから、夜の景でしょう。「眠りけり」は幼稚な擬人法のようにも見えますが、「二席の菊」という具体的な描写があるので、「眠りけり」という甘い言葉が句に納まっています。

以下は、菊の品評会に他県の愛好家の菊も出品されたことを踏まえた作です。

緑礬《りよくばん》をさらにまゐらす旅の菊　賢治

石と菅原は、緑礬という薬剤を花の水上げのために使ったと推察しています。東北の各地から品評会のために運ばれてきた菊をいたわっているのです。「まゐらす」は、貴人に食事などを提供する意。「さらにまゐらす」は、遠来の菊に、緑礬をどんどん召し上がれ、とおどけているのです。

夜となりて他国の菊もかほりけり　賢治

その菊を探りに旅へ罷《まか》るなり
秋田より菊の隠密はいり候

花巻は南部領。秋田は佐竹藩。明治維新のさい南部藩は佐幕、佐竹藩は官軍方でした。夜になって本性を表す他国の菊。その菊の秘訣《ひけつ》を探りに旅立つ密偵。佐竹藩から南部藩に侵入した菊の隠密。菊のコンクールが、藩の争いのように戯画化されています。童話にもすぐれていた賢治の遊び心が、こんなところにも表れています。

菊の連作は十六句。詩人らしい句もあれば、俳句らしく整った句もある。菊の句ばかりですが、じつに多彩です。地元の人々の喜ぶ顔が見たかったのでしょう、亡くなる前の年、病床の賢治は、品評会の賞品となる俳句にその詩才を惜しみなく注ぎ込みました。しかも俳句らしく仕上がっている。俳句という詩形に、賢治は誠実に相対していたのです。

付句《つけく》

おしまいに、賢治の付句に触れます。江戸時代、五七五の句と七七の句を交互に連ねる連句が流行し、芭蕉や西鶴も盛んに手がけました。連句において、前の句に付ける次の一句を「付句」といいます。連句は明治以降も文人の嗜《たしな》みとして行われました。賢治もまた、地元の仲間と連句のやりとりをしました。以下は、無価という知人の句に対する賢治の付句です。

広告の風船玉や雲の峰　無価
　凶作沙汰も汗と流るゝ　賢治
飲むからに酒旨くなき暑さかな　無価
　予報は外《そ》れし雲のつばくら　賢治
夏まつり男女の浴衣かな　無価
　訓練主事は三の笛吹く　賢治
どゞ一を芸者に書かす団扇かな　無価
　古びし池に河鹿なきつゝ　賢治
引き過ぎや遊女が部屋に入る蛍　無価
　繭の高値も焼石に水　賢治

これらは遊びですが、賢治らしさがよく出ています。無価の前句は「広告の風船玉」「酒」「男女の浴衣」「どゞ一を芸者に書かす」「遊女」など遊興や風俗を詠んでいます。対する賢治の付句は「凶作」「予報は外れし」「訓練主事」「古びし池」「繭の高値」など農事、気象、風景です。粋人の無価は芸者や遊女で詠みかけますが、賢治は生真面目な付句で応じています。

賢治の父の友であった無価は賢治より三十歳ほど年長。岩手県医師会長や花巻町長を務めた名士で漢学、和歌、俳句に通じていました（菅原前掲書）。無価は、自分の句に付けてきた賢治の付句を「賢治さんらしいね」と、笑って眺めていたことでしょう。

〈室生犀星〉の章――美しい「うた」の背景

室生犀星〔むろう・さいせい〕

一八八九（明治二十二）年～一九六二（昭和三十七）年。詩人・小説家。石川県金沢生まれ。加賀藩士の子ながら里子に出され、高等小学校中退後、地方裁判所で給仕勤め。この頃から俳句に親しむ。以降、貧窮の中で詩人を志し、上京、帰郷を繰り返す中で、白秋、朔太郎と交流、『抒情小曲集』などで文学青年の圧倒的支持を得る。のちに小説家としても一家をなす。代表作に『愛の詩集』『あにいもうと』『杏っ子』ほか。俳句は芥川と深交。

犀星の二面性

大正三年二月十四日、二十四歳の犀星は、生涯の友となった萩原朔太郎《はぎわらさくたろう》と前橋の駅頭で出会いました。三歳年長の朔太郎は、犀星の詩から「繊細な神経をもつた青白い魚のやうな美少年」を予想していましたが、現れたのは「ガッチリした肩を四角に怒らし、太い桜のステッキを振り廻した頑強の小男」でした（『詩壇に出た頃』）。

その二十四年後、朔太郎は犀星の俳句を「彼の人物と同じく粗剛で、田舎の手織木綿のやうに、極めて手触りがあらくゴツゴツしてゐる」「それでゐて何か或る頑丈な逞《たくま》しい姿勢の影に、微かな虫声に似た優しいセンチメントを感じさせる」「『粗野で逞しいポーズ』と、そのポーズの背後に潜んでゐる『優しくいぢらしいセンチメント』とは、彼のあらゆる小説と詩文学とに本質してゐる」と評しました（『小説家の俳句』）。

初対面の犀星の詩と人物にギャップを感じた朔太郎は、長い交友を経て、犀星の二面性――「粗野で逞しいポーズ」と「優しくいぢらしいセンチメント」――がその文学そのものだと結論づけました。

美しい「うた」

「優しくいぢらしいセンチメント」は、美しい「うた」となって現れます。「ふるさとは遠きにありて思ふもの／そして悲しくうたふもの」で知られる犀星の詩は、一読すっと心に入って来ます。たとえば「蛇をながむるこころ蛇になる」「渚には蒼き波のむれ／かもめのごとくひるがへる」「君はいつも無口のつぐみどり／わかきそなたはつぐみどり」「いづことしなく／しいいとせみの啼きけり」のように。犀星の俳句もまた、美しい「うた」です。

ゆきふるといひしばかりの人しづか　犀星

「ゆきふる」と言った余韻を残したまま、静かにいる人。同じ事柄をつまらなく句にするなら「雪降ると言ひたる人の黙しけり」とでもするのでしょう。初出は「雪ふるといひしままなる人しづか」でしたが、「ままなる」を「ばかりの」に直しました（星野晃一『犀星　句中游泳』）。「ばかりの」とすると、「ゆきふる」という声が直前であったことがはっきりします。

ユキフルトイイシバカリノヒトシズカ。イ段の鋭い音が十七音中七音を占めます。掲句の表記は『犀星発句集』（桜井書店、昭和十七年）のもの。最後の句集となった『遠野集』（昭和三十四年）では表記が違います。『遠野集』の春の章には以下の句が並んでいます。

藪の中のひと町つゞき残る雪　犀星
雪凍てて垣根のへりに残りけり
春もやや瓦瓦のはだら雪
雪ふると言ひしばかりの人しづか

「残る雪」「はだら雪」は春季。「雪ふると言ひしばかりの人しづか」も春の雪です。雪の表記は「雪」に揃《そろ》えています。『遠野集』の冬の章にもこの句が現れます。

かはらのゆきはなぎさから消える　犀星
ゆきふるといひしばかりのひとしづか
ゆきのとなり家はかなりやのこゑ

雪は「ゆき」と書かれています。平仮名の多用は音の美しさ――「カヽワラヽノユキハヽナギサヽカヽラキエル」のア段の音の連続。「ユキノトナリヽヤヽワカナリヽヤノコエ」のナリヤの反復など――を印象づけます。「雪降ると言ひし許《ばかり》の人静か」と比べると「ゆきふるといひしばかりのひとしづか」は呟《つぶや》くような感じがして、字面が美しい。

仮名書きの句としては飯田蛇笏《だこつ》の「をりとりてはらりとおもきすすきかな」が知られています。初案の「折りとりてはらりとおもき芒《すすき》かな」から「折りとりてはらりとおもきすゝきかな」を経て、最終的には全て平仮名となりました。「をり」と「おもき」のオの頭韻と、オリ、トリ、ハラリのリの響きがこの句の音韻の要です。

何の菜のつぼみなるらん雑煮汁　犀星

雑煮の菜に蕾《つぼみ》が付いていた。ちょっとしためでたさ。室生朝子は「一把《わ》の小松菜の中に早くのびた蕾が一本だけあったのを母は犀星のお椀にいれたのかもしれない」と記しています（『父　犀星の俳景』）。

ナンノナノツボミナルランゾウニジル、は音韻に凝った句です。三つのナの音。ナンノナノのナとノの反復。ナルランゾウニジルの三つのラ行音。ナンとランの撥音《はつおん》。十七音中にア行音は一つしかなく、子音が粒立っています。下五のゾウニジルはザ行の音が重く暗い。

雑煮は汁物ですから「雑煮汁」の「汁」は余計です。しかし「何の菜のつぼみなるべき雑煮かな」では句にコクがない。「雑煮汁」の野暮ったさも句の味わいです。

麗かな砂中のぼうふ掘りにけり　犀星

「ぼうふ」は浜防風。浜に生えて食用。「防風」と「麗か」は春の季重なりですが、浜の気分を伝える上で「麗か」は効果的です。

犀星の手書き原稿をそのまま印刷した『遠野集』では、この句は「麗かな　砂中のぼうふぅ掘りにけり」と書かれています。防風は「ふるさとに防風摘みにと来し吾ぞ　高浜虚子」「砂浜を斯く行く防風摘みながら　同」のように「ボウフ」と読ませることが多く、犀星も『魚眠洞発句集』では「ぼうふ」としましたが、『遠野集』では「う」を小さく添えました。「ぼうふう」では字余りになるが、「ぼうふ」では味気ない。犀星は心の中で「ボウフゥ」と読んでいて、それを手書き原稿に反映したのです。

「麗かな」の後の余白にも意味があります。「麗かな」が掛かるのは「砂中」でなく、「砂中のぼうふぅ掘りにけり」全体です。音読のときは「麗かな」で一呼吸置き、「砂中のぼうふぅ掘りにけり」を一気に読みます。「麗かな□砂中のぼうふぅ掘りにけり」と手で書いた原稿には、音読へのこだわりがあらわれています。

犀星の句には、文字となる以前に、音声として完成している印象があります。『遠野集』にこんな句があります。

山蛍よべのあらしに消へにけり　犀星
しぐるゝにあらぬあしおと絶へにけり

一句目は山の中の沢に光っていた秋の蛍《ほたる》が昨夜の嵐で失《う》せてしまった。二句目は時雨《しぐれ》かと思ったらそうでなく、人の足音だったが、それも聞こえなくなった。ともに調べの良い句ですが、「消へ」と「絶へ」は誤りです。『犀星発句集』にある「消え」「絶え」が正しい。『遠野集』の「蝶の羽のこまかくふるえ交りけり」（羽が細かに震えながら蝶が交尾している）も正しくは「ふるへ」です。「行きもどり駅のいとどの絶えにけり」「かはらのゆきはなぎさから消える」のように正しく書かれた箇所もありますから、「消へ」と「絶へ」はその場かぎりの勘違いと思われます。手書きの原稿をそのまま本にしたので、校正で直さなかったのかもしれません。犀星には「校正自嘲」と詞書《ことばがき》のある「春寒や渡世の文もわきまへず」という句があります。

犀星は音読時の読みにこだわりました。『遠野集』では「紅梅《うめ》いけるをみなの膝の美しき」「春あさく巷《まち》の女《め》ながら摘むものか」「はしけやし乳房《ちち》もねむらむ春の夜半」のように、手書きでルビを振っています。「ぼうふぅ」も音読へのこだわりです。他方「消へ」「絶へ」「ふるえ」

は仮名遣いが間違っています。「キエ」「タエ」「フルエ」という音声が頭の中でき上がっていたため誤りに気づかなかったのかもしれません。

山茶花に筧《かけい》ほそる丶日和かな　犀星

山茶花の咲く初冬、晴天が続き、筧の水の流れが細くなった。厳密には筧でなく、水が細るのです。気になるのは「ほそる丶」という誤りです。正しくは「筧のほそる」「筧ほそりし」「筧ほそれる」など。「母と子」という詩の「母さまの　たましひまで舐りつくしておしまひ。母さまが瘠せほそれるまで」（『忘春詩集』）の「ほそれる」が正しい用法の一例です。

なぜ文法を誤ったか。音声の上から「ほそる丶」という響きが欲しかったのだと思います。「筧のほそる」では間延びします。「ほそりし」「ほそれる」より「ほそる丶」のほうが音がきれいです。音韻にこだわるあまり文法を誤ったのでしょう。「焼砂に細る丶秋の蛍かな」（園芸用の焼砂を敷いたあたりも蛍が減ってゆく）も同様です。

竹の風ひねもすさわぐ春日かな　犀星

中村真一郎はこの句を次のように評しています。

「竹の風」という、耳に熟さない言葉を平然と使用するところが、犀星の何気ない新感覚。普通なら「竹藪の」とか、「藪影の」とか、するところ。　（『俳句のたのしみ』）

風で竹が騒ぐのなら「風の竹」。竹を吹く風が騒ぐのなら「竹の風」。手慣れた作者なら「竹に風」とするかもしれません。終日吹き続けて風と竹が一つになっている感じを出そうとすれば「竹に風」より「竹の風」です。「竹藪」「藪影」は「藪」という響きがよろしくない。

しんとする芝居さい中あられかな　犀星

中村真一郎は「さい中」がしっくり来ない、と指摘します。

この「さい中」も、どうもこなれが悪い、たとえば「中ばに」などとすれば、すらりと呑《〔の〕》みこめるのだろうが、敢《〔あえ〕》てこうした、若い娘の口癖のような言葉を、不協和音のように句中に挿入するところに、作者が自分の句が手なれて出来のよくなることへの、片意地な反抗が見られるし、又、作者独特の底意のない意地悪のようなものも、ほのかに感じられる。要するに、室生犀星という作家は、一筋縄ではいかないのである。　（前掲書）

「芝居さい中」は荒っぽい言い方ですが、「芝居半ばの」「芝居さ中の」より話し言葉に近く、その点を犀星は好んだのかもしれません。霰《あられ》の寒さを背景にした句ですから「シントスルシバイ」の後に「サイチュウ」という鋭い響きが欲しかったのかもしれません。

犀星は句の細部に気を使います。昭和三年十二月一日の日記に記した「消炭のつやをふゝめる時雨かな」（消炭の中に残る炭の艶を見ていると時雨が聞こえる）を、翌日の日記で「消炭のつやをふくめる時雨かな」に直しました。「ふゝめる」も「ふくめる」も意味は同じですが、「ふふむ」という古語の気取った感じを嫌ったのか。あるいは、フフムよりフクムの硬い響きを好んだのか。朔太郎は、犀星の句を「人物と同じく粗剛」だと評しました。同じ印象を、中村真一郎は「作者独特の底意のない意地悪」という言い方で語っています。

「匹婦」

おそ春の雀《すずめ》のあたま焦げにけり　犀星
昼深く蟻《あり》のぢごくのつづきけり
炎天や瓦をすべる兜虫《かぶとむし》

犀星は鳥や虫に情を注ぎます。どれも響きの良い句です。「おそ春」の句は、雀の茶色い頭を「焦げにけり」と詠みました。春闌《た》けた雀の姿が慈愛を以《もっ》て描かれています。

「ちごく」に分けたことで「ちごく」が強く響きます。「つづきけり」は蟻地獄がいくつも並んでいる。蟻にとって地獄また地獄。アリジゴクとして生を享《う》けた虫の命の営みが続いていると解してもよく、蟻地獄という生きものに対する同情が感じられます。

「炎天や」は瓦という場違いなところで無駄に足掻《あが》いているカブトムシを描きました。たまたま飛来したのか、子供に弄《もてあそ》ばれているのか。寓意《ぐうい》としても読める句です。この句には「兜虫瓦をすべる暑さかな」「兜虫瓦をのぼる暑さかな」という先行句があります。「暑さ」より「炎天」のほうがギラギラしています。「のぼる」より「すべる」のほうが徒労の感が濃い。先行句からの変化を見ると、犀星がこの句に託した思いが推察されます。

犀星の句は美しい感情を湛《たた》えています。その「優しくいぢらしいセンチメント」と同じ根っこから、全く対照的な「粗野で逞しいポーズ」を伴った句も生まれます。

夏の日の匹婦の腹にうまれけり　犀星

犀星の戸籍上の誕生日は明治二十二年八月一日。「匹婦」は卑しい女。犀星は元加賀藩士が奉公人（芸妓《げいぎ》など諸説あり）に生ませた子でした。

以下は「母と子」（『忘春詩集』）という詩の一節です。

母よ　わたしの母。／わたしはどうしてあなたのところへ／いつころ人知れずにやつて来たのでせう／わたしにはいくら考へてもわかりません／あなたが本統の母さまであつたら／わたしがどうしてこの世に生れてきたかを／よく分るやうに教へてくれなければなりません／わたしは毎日心であなたのからだを見ました／けれどもわたしが何処から出てきたのかわかりません。／わたしは毎日あなたを見詰めてゐるのです／ふしぎな神さまのやうに／あなたの言葉のひとつひとつを信じたいのです／母さまよ　わたしに聞かしてください／わたしがどうして生れてきたかを――／いいえ　坊や／お前はそんなことを訊いてはなりません。／おまへは温良《おとな》しく育つてゆけばいいのです／大きくなればひとりでにみんなわかることです。／母さまの　たましひまで舐《しやぶ》りつくしておしまひ。／母さまが瘠せほそれるまで。

犀星は詩の中で出生の事情を問い続け、償いを要求するように「たましひまで舐りつくしておしまひ。／母さまが瘠せほそれるまで」と「母さま」に言わせました。

「ひとつの作品のなかで生きる女は、犀星の心の奥に生きている、形とはならない生母像と重なり合いながら、筆は進んでいく。犀星はどのように難しいプロットを小説のために組み立てるよりは、好きなように女を書く楽しみのなかに、苦しみと哀しみが重なり合っていたのではないか」と室生朝子は言います（『鑑賞現代俳句全集』第十二巻）。慈母のような「母さま」も「形とならない生母像」の一つの現れです。朝子は「匹婦」の句を「人間犀星のすべてをいい表わしている凄《すさ》まじい一句」（『父 犀星の俳景』）と評しました。

出生が八月一日だから夏ですが、その偶然を超えて、否応《いやおう》ない運命のように「夏の日」という一語が刻印されています。この「夏の日」に季語としての情緒はありません。八月一日という事実に即した「夏」です。出生が違う時期だったら「春（秋冬）の日」でした。春には春のあわれ、秋には秋の淋《さび》しさ、冬には冬の厳しさがあります。いずれにせよ「〇の日の」という上五は動かしがたい重みを持つでしょう。その上であえていえば「匹婦」の語感と最も合うのは「夏」です。この句は「夏の日」が「匹婦」を呼び出したように見えます。

うつくしくもいやしき女《め》なれ夜半の冬　犀星

この句は「かかる瞳は処女ならむか夜半の冬」「冬の夜を冴えし瞳と居りにけり」とともに『犀星発句集』（野田書房、昭和十年）に載っています。同じ句集に「こころ足《た》らふ女《め》を求めゆかむ朧《おぼろ》かな」「春の夜の乳ぶさもあかねさしにけり」「はしけやし乳房《ちち》もねむらむ春の夜半」などもあります。女性への憧憬は犀星の定番で、掲句もその一つですが「いやしき」が気になります。同じ頃「俳句研究」昭和十年二月号に犀星は「俳句は老人文学ではない」を寄稿し、「ミヤコ・ホテル」を絶賛しました。

「俳句研究」昭和九年四月号に発表された日野草城《そうじよう》の「ミヤコ・ホテル」は「夜半の春なほ処女《おとめ》なる妻《め》と居りぬ」「失ひしものを憶《おも》へり花曇」など新婚初夜を詠んだ連作で、俳壇にセンセーションを巻き起こしました。京都帝大を出て住友海上に勤めていた草城は、俳壇の主流「ホトトギス」の俊英でしたが、従来の俳句に飽き足らず、この連作の発表に及びました。保守的な俳壇では草城バッシングの嵐が吹き荒れ、高浜虚子は「ホトトギス」昭和十一年十月号で草城、吉岡禅寺洞、杉田久女《ひさじよ》の三名を同人から「削除」することを発表しました。

この「ミヤコ・ホテル」を、犀星は「表現意力は、実によく迫つてゐるのだ。三十枚くらゐの小説でもよくこれだけに迫ることができるかどうか」「作家はいつも何かを切りひらくことや改易することや、または別のものを掘り当てなければならぬものとしたなら、日野氏はそれの仕事の一つをやつて退《の》けた」と絶賛したのです。

「ミヤコ・ホテル」の作品的価値については「新婚の初夜はかくもあろうかという想像句であって、特殊な体験に基づいたものでなく、全く概念的な発想である」(『現代俳句』)と山本健吉が評した通りで、犀星の絶賛は不可解です。文壇の名士である犀星が保守的な俳壇にちょっかいを出しただけかもしれませんが、犀星の「かかる瞳は処女ならむか夜半の冬」（昭和十年初出）が、草城の「夜半の春なほ処女なる妻と居りぬ」（昭和九年初出）に影響された可能性はあると思います。のみならず「うつくしくもいやしき女なれ夜半の冬」もまた「ミヤコ・ホテル」に触発されつつ、そこに犀星本来の生母への憧憬が絡んだ女人像かもしれません。この句もまた「形とならない生母像」（室生朝子）の表れといえそうです。

「冬の夜を冴えし瞳と居りにけり」は、まっすぐな瞳を捉えた佳品。草城は「俳句研究」昭和十三年七月号で「竹の風ひねもすさわぐ春日かな」「昼深く蟻のぢごくのつゞきけり」とともにこの句を「腰のすはつた、姿の正しい、本格の俳句」と評しました。ただし「かかる瞳は処女ならむか」には言及していません。草城自身の「なほ処女なる妻と居りぬ」の類句と思ったのかもしれません。いずれの句も「処女」という言葉が句をつまらなくしています。

ふるさとに身もと洗はる寒さかな　犀星

大正十二年、犀星は関東大震災の後、故郷の金沢に転居しました。妻子を伴っての金沢暮しの中で「ふるさとに身もと洗はる」という思いが去来したのでしょう。「身元を洗う」とは氏素性を調べることです。この句も出生の事情を示唆します。文法的には「洗はるる」とすべきですが、字余りを避けたのでしょう。日野草城はこの句を「如何《いか》にも『発句』と呼ばれるにふさわしい句柄」と評しました。たしかに、人情を穿《うが》ったところが近世の「発句」風です。

生活者犀星

犀星の実母が誰かという論文が出ているほど出生の謎は深く、生後間もない犀星は寺に貰《もら》われました。高等小学校を中退して地元の裁判所の「給仕」となり、上司の手ほどきで句作を始めた犀星はやがて詩を書くようになりました。二十歳のとき文芸を志して上京。資産も学歴もなく、筆一本で芸術院会員にまで「出世」しました。

二十九歳で家庭を持った犀星は、三十歳以降、小説を量産します。「詩ばかり書いてたんでは、食べられません」（久保忠夫『室生犀星研究』）というのです。日記には「俳句このごろ又作れず、仕事をせるためならんと思はる」（大正十三年二月二十四日）という記述も見られます。

犀星は軽井沢に別荘を持っていましたが、近くに滞在していた志賀直哉が再三訪ねて来るのを迷惑がっていたというエピソードがあります。以下に要約します。

志賀はまるで自分の庭のように大股で入ってきて、犀星が午前の執筆の最中の書斎に座るとひとしきり四方山話《よもやまばなし》を楽しむ。犀星は「何も仕事をしないあの人（志賀）が、他人の都合を考えないで生きてゆけるのも、あの人が美貌だからだ」と、話を容貌にもっていって口惜《くや》しがった。育ちも器量もいいから遊んでいても名士でいられるのだという。犀星にすれば、朝の散歩の途中にいきなり訪ねてくる「不遠慮な、書生のような」付き合い方にも、志賀の鷹揚《おうよう》な育ちを付き付けられる思いがあった。そもそも志賀は「文士街道の裏通り」を一度も歩いたことがないから、昼までに原稿を書き上げ午後にはそれを売りに出さねばならない小説家（犀星）を前にして、自分は平気で書かずにいられるのだという。

（田辺徹『回想の室生犀星』）

大正十三年の日記から犀星の執筆ぶりを見てみましょう。——大正十三年七月二十九日「中央公論」から依頼。同じ日「あさぜみの幽けき目ざめなしけり」他三句が書きとめてある。八月三日寝台列車で軽井沢着。八月十四日代表句となった「鯛《たい》のほねたたみに拾ふ夜寒かな」を芥川龍之介に示し、軽井沢から金沢へ帰宅。八月二十四日「報知」から依頼。八月二十五日「中央公論」に百二十二枚送稿（依頼から二十七日目）。八月二十九日「中央公論」より稿料七百三十二円。八月三十日から三十一日にかけて東京社、「改造」、「苦楽」から依頼。九月三～五日「改造」の執筆。九月十七日依頼の「女性改造」の原稿を九月十九日執筆。九月二十二日

「改造」から百三十五円、他から百円の稿料。九月二十六日報知社の稿料があまり少額なので原稿返却を希望すると言い送ったが、翌日その稿料が「新小説」のものとわかり、報知社に対し前言を取り消す。――まさに売文稼業です。「改造」から百三十五円を得た「碓氷《うすい》山上の月」は「ぽつたりと百合ふくれゐる椽《えん》の先」という犀星の句で始まる随筆で、軽井沢での芥川との親交を日記風に書いたもの。芥川の「据風呂に犀星のゐる夜さむかな」が作中に引かれています。

タフな生活者だった犀星は、生きること、食っていくことを正面から句に詠んでいます。

塩鮭をねぶりても生きたきわれか　犀星
元日や銭を思へばはるかなる
梅咲きぬ食ふ銭ありて美しき

昭和四年四月二十一日の日記にこんなことが書いてあります。――「婦人之友」より金五円の書留来る。「花桐や幟はためく日もすがら」の一句寄稿せし稿料なり。発句をもつて稿料を得しこと度々なれど、何か気の毒の感を持つ。――一句五円を「気の毒」という犀星は、詩で食えなかったため、小説で食っていました。犀星は月々の収支を日記に書き込んでいて、昭和四年一月は「収入二百六十五円　払三百四十四円　不足、朝子貯金より借り六十円」とあります。娘名義の貯金から赤字を埋めたのでしょう。翌二月は「八百八十九円入り　七百九十円払ひ　三十円本郷質屋時計入り」。大卒銀行員の初任給は八十円（昭和五年、三井信託）の時代、四十歳の犀星は、月によって違うものの、売れっ子の作家らしい稼ぎだったようです。

小説で生計が成り立った犀星と異なり、小説を書かない韻文家はどうやってメシを食うか。犀星は『芭蕉襍記《ばしようざつき》』（昭和三年）の中で芭蕉の生活費に言及しています。

芭蕉の選料は相応に収入があつたものに思へる。しかもそれには額の多少のあつたらうが、彼の生活費の大部分はこの選から出たものであることを忘れてはならぬ。

一枚いくらで原稿が売れる小説家と違い、俳人の稼ぎは選句料です。犀星は俳人のビジネスモデルの本質を突いています。「ミヤコ・ホテル」を称賛した「俳句は老人文学ではない」の中で、犀星は、俳人の生計に触れています。以下要約しつつ引用します。

俳人は俳句を職業としていない。俳句精神の神聖さを感じ過ぎて、本当の職業として俳句を取り扱っていないからだ。文士が原稿料を取るように俳人は染筆料を取らねばならない。俳人が俳句で食うのに何の恥かしさがあるのだ。俳句ももっと生活苦のなかをくぐり抜けなければ、磨かれずに終って了う。

河東碧梧桐《かわひがしへきごとう》氏が赤貧に甘んじて居られるという文章をよんで、怏々《おうおう》として楽しまなかった。門下で一万円くらい集めて碧梧桐氏におくることくらい出来ないのか。

他の文学と異って俳人は悉《ことごと》く実証的な生活者であり、家庭を経営する人々であり、壮年期の魂をもつ人々だ。ナマ若い詩や歌にはいり切れない心には重いものを負い、その重いものを片づけるために俳句の精神にくぐり込もうとしている。老年者の手弄《てすさ》びのような生やさしいものではない。

他に職業を持っているため遊びのように見られるが、実際、俳句は苦しまねば生れない。形式は狭小だがそれだけ苦汁を吐くごとき状態もつづけなければならぬ。単に俳句を作るというようなノンビリさはもう見えなくなって、芸術制作の苦しさばかりがある。この方向を見ても決して俳句が老人文学でないことが判る。

碧梧桐は子規の高弟。子規没後の俳壇をリードしましたが、大正期以降、俳壇の中心は高浜虚子の「ホトトギス」に移り、碧梧桐は昭和八年に俳壇を引退。引退後の生計のため煎餅屋《せんべいや》を営むことも考えたという逸話が残っています。さすがに煎餅屋は沙汰止《さたや》みになったものの、家賃の経済的負担を無くすため、門下が支援して碧梧桐に家を持たせました。犀星が「門下で一万円くらい集めて碧梧桐氏におくることくらい出来ないのか」と書いた翌年のことです。気の毒なことに、新居の祝の宴《うたげ》の十日後、六十三歳の碧梧桐は急病で亡くなりました。

犀星は句集の自序に「当時碧梧桐氏の新傾向俳句が唱導され、自分も勢ひ此《こ》の邪道の俳句に投ぜられた」と書いています（『魚眠洞発句集』昭和四年）。犀星が俳句に志した明治四十年前後は碧梧桐の絶頂期でした。後に芭蕉に傾倒した犀星は、碧梧桐を「邪道」と呼びましたが、それでも犀星の句には、碧梧桐風の文体が時折見られます。前出の「かはらのゆきはなぎさから消える」「ゆきのとなり家はかなりやのこゑ」や次のような句です。比較のため碧梧桐の句を並べました。括弧内は制作ないし初出の年です。

はたはた干し日の永さを知る　犀星　（大正十三年）
さびしく大きいつららをなめて見る　（同）
あんずの香の庭深いふるさと　（同）
雪卸ろせし磊塊《らいかい》に人影もなき　碧梧桐　（大正四年）
梢に漂へる霧沈み来る　（大正五年）
芙蓉見て立つうしろ灯るや　（大正六年）

「骨髄までの俳人なり」

碧梧桐の懐事情に言及した犀星は「俳人が俳句で食ふのに何の恥かしさがあるのだ」と言い放ちました。不幸な生い立ちから筆一本で立身し、詩で食えないため小説で妻子を養った犀星だからこその言です。

この犀星をして「骨髄までの俳人」と言わしめたのが、碧梧桐のライバルであった高浜虚子です。大正十三年九月十四日の日記に「虚子氏来沢。俳句大会ありしが未翁老迎ひに来りしかば参会せり。高岸寺の庭さきの墓標苔蒸《こけむ》して置物のごとし。虚子氏と語る。骨髄までの俳人なり」とあります。虚子はその日のことを「ホトトギス」大正十三年十一月号の「北陸旅信」に「十四日。高岸寺にて辛夷主催俳句大会、盛会。謙郎君斡旋《あっせん》主任、露泣君亦病を力《つと》めて斡旋、普羅君前夜より泊りて会を斡す。其他八尾、高岡、輪島、勝山の人等」と記しています。その前日は「十三日。兼六公園の成巽閣《せいそんかく》といふを藤岡玉骨君（警察部長）の紹介によつて見る。夜高岸寺の観月句会に列席す。折節旧暦十五夜の名月なり。露泣君病を推して出席す」とあります。

犀星より十五歳年長の虚子はこのとき五十歳。碧梧桐とともに子規門の双璧と称され、子規没後は小説に注力しましたが、大正初期に俳句に復帰。俳壇の主導権を碧梧桐から取り戻していました。犀星をして「骨髄までの俳人」と言わしめたのは、虚子のどんなところでしょうか。犀星は虚子に、俳人としての腹の据わり方を見たのだと思います。『吾輩は猫である』（明治三十八～三十九年）によって「ホトトギス」は部数を伸ばしましたが、虚子はその編集兼発行人でした。「ホトトギス」の虚子選の投句欄は次々に俊英を輩出。選者として声望を得た虚子は着々と誌友を獲得しました。全国の俳句大会への出席も虚子の営業活動であり、金沢では門下の高官に成巽閣見学の便宜を図ってもらったりしています。詩歌でメシが食えないという点は犀星も虚子も同じですが、小説に転身した犀星とは異なるビジネスモデルを、虚子は構築していました。

芭蕉の収入源が選句であったと犀星が喝破したように、職業俳人は選者というサービス業たらざるを得ません。原稿を書いて売る小説家が製造業であるのと対照的です。ところが虚子は「ホトトギス」というメディアを持ち、誌友という顧客を取り込んだ。職業的韻文家たる虚子は、犀星のように製造業（小説）には向かわず、かといって単純なサービス業（選者稼業）だけにとどまらず、大衆的な俳句愛好者を取り込んだ流通業（「ホトトギス」）を展開したのです。

文学（ことに詩歌）で食うことに関心のあった犀星は、職業俳人の究極の姿を虚子に見出《みいだ》したのでしょう。逆に、虚子が盛んに書いた散文（「写生文」）は、文壇の本流から見れば、俳人の余技でした。犀星は、散文家たる虚子に対し、こんなメッセージを送っています。

　虚子の発句をとらないでも、僕は彼のかいた小説をとりたいくらゐである。それほどあまみがあり俳趣味があり小説道の本格的な態度がある。その下地には彼の俳句に見る乾燥されたものがなくて、湿《うるお》ひと親しみがあるのだ。僕は発句の仕事はもう沢山であるから虚子に小説をかいて貰《もら》ひたいと考へてゐるのである。泉鏡花や幸田露伴のやうな特異な位置が彼にあるやうに、どくとくの小説を一年に二度か三度か見せてほしいものである。かういふ考へを持つてゐるものは僕一人ではあるまい、それは虚子が最後の仕事としても、嘗て写生文を唱導してゐたころの虚子なる作家がかういふところに辿つて来てゐることを、人々は知りたいからである。

（「発句道の人々」「俳句研究」創刊号、昭和九年三月）

　犀星がこう書いたときの虚子は俳壇の大御所であり、小説家としては過去の人でした。「虚子の発句をとらないでも、僕は彼のかいた小説をとりたい」という挑発的な文章を、虚子は「ホトトギス」昭和九年五月号に引用し、「今少し俳人諸君も心を広くして文章の方にも興味を見出す可《べ》きであると思ふ」と述べています。

『俳句の五十年』（昭和十七年）という虚子の回顧録の最終章は「文章の誘惑」と題するもので、

当時六十八歳の虚子は次のように語っています。

　小説とか文章とかいうものは、老年になった今日でも心をひくところのものでありまして、もし、他から強圧的に執筆を余儀なくせられるような場合があったならば、しばらく俳句の方は休んでも、その方に力を尽す時が来ないとも限らない、もしかしたらそういう時が来はしないかというような恐れが、往々にしてあるのであります。まったくこれは、私にとって恐ろしい事でありまして、今日の老齢になって何も好んでそういう苦しい立場に立たなくともいいのではないかという事を、自問自答するわけでありますが、それにも拘《かかわ》らず、そういう誘惑がもしあったならば、そうして筆を執るのに恰好《かっこう》な条件が具備して、大して私をその方から引き止める強力な障碍《しょうがい》がないという事になれば、老後の思い出に、出来るだけの事をやって見たいというような心持もするのでありますが、そういう誘惑はなるべく避けて、今まで通り俳句の道に携わって毎日を過していく事の、比較的平静な日常を冀《こいねが》っておるのであります。

散文に対する虚子の煮え切らない気持がよく出ています。虚子の師の子規は、処女作『月の都』に対する幸田露伴の評価が芳しくなく、病気もあって詩歌（と随筆）に専念しました。虚子もまた、小説を志しながら結局は俳句に戻りました。

そんな虚子は、詩から小説に見事に転身した犀星の「発句の仕事はもう沢山であるから虚子に小説をかいて貰ひたい」という言葉を複雑な思いで受け止めたことでしょう。犀星が「虚子に小説をかいて貰ひたい」と書いたのが昭和九年。虚子の「文章の誘惑」は昭和十七年。その後の昭和二十二年、七十三歳の虚子は『虹』を発表しました。胸を病む薄幸な女弟子と老俳人虚子との心の交流を描いた写生文で、虚子晩年の名品とされています。

鯛《たい》の骨たたみにひらふ夜寒かな　犀星

眼前にある一片の魚の骨を「鯛」と詠むのは小説家のセンスです。そこで鯛を食ったこと、食った人物（作者自身か）を想像しているのです。「鯛」から小説を書き始めることもできそうです。生粋の俳人なら、たんに「魚の骨」とするかもしれません。

と言ひて鼻かむ僧の夜寒かな　虚子

「と言ひて」は、その前にある僧の言葉を切り捨てました。この僧は思想や感情を持たず、ただ鼻をかむ物体のように描かれています。しかしどこか滑稽です。犀星の言う「彼の俳句に見る乾燥したもの」とはこういうところかもしれません。

同じ「夜寒」でも犀星と虚子は肌合いが違います。ともに偉大な韻文家ですが、両者は対照的な道を歩みました。「虚子氏と語る。骨髄までの俳人なり」は犀星ならではの重い言葉です。

〈太宰治〉の章——俳句の向こうに人間が見えてしまう

太宰治〔だざい・おさむ〕

一九〇九（明治四十二）年～一九四八（昭和二十三）年。青森県生まれ。小説家。東大中退。生家は大地主。自殺未遂を繰り返す中、左翼から離脱。屈折した罪悪感を作品化して評価を得、戦中は佳作を書き継ぐ。戦後は無頼派の旗手として流行作家に。退廃的・虚無的な自画像を描き、典型的自己破滅型との評も。代表作に『走れメロス』『晩年』『斜陽』『人間失格』『ヴィヨンの妻』など。最期は愛人と玉川上水に入水。忌日は桜桃忌とも。

道化寠《やつ》れ

幇間《ほうかん》の道化寠れやみづつぱな　治

幇間を業とする男が道化であることに疲れ、寠れ、わびしく水《みず》っ洟《ぱな》を垂らしている。この句、太宰が自分の人生を振り返っているかのようです。『人間失格』にこんなくだりがあります。

自分は、皆にあいそがいいかわりに、「友情」というものを、いちども実感した事が無く、堀木のような遊び友達は別として、いっさいの附き合いは、ただ苦痛を覚えるばかりで、その苦痛をもみほぐそうとして懸命にお道化を演じて、かえって、へとへとになり、わずかに知合っているひとの顔を、それに似た顔をさえ、往来などで見掛けても、ぎょっとして、一瞬、めまいするほどの不快な戦慄に襲われる有様で、人に好かれる事は知っていても、人を愛する能力に於いては欠けているところがあるようでした。（『人間失格』）

「幇間」「太鼓持」は「遊客の機嫌をとり、酒興を助けるのを仕事とする男。人に追従してその機嫌取りをする者」（『広辞苑』）。皆に愛想がいいかわりに友情を実感した事が無く、人に好かれる事は知っていても人を愛する能力は欠く――この記述は「鰻の幇間《たいこ》」や「幇間腹《たいこ》」などの落語に登場する幇間を思わせます。そんな人物が道化を演じてへとへとになるのが「道化窶れ」。「みづつぱな」は冬の季語。わびしげな人物を想起させます。「幇間の道化窶れ」だけなら概念的ですが、これを「みづつぱな」で具体的なイメージに変えてゆくところが俳句の骨法です。太宰はおそらく芥川龍之介の「水洟や鼻の先だけ暮れ残る（自嘲）」を読んでいたのでしょう。

「幇間の道化窶れ」は『人間失格』を約《つづ》めたような俳句です。ところが驚いたことに、この句は太宰が二十二、三歳頃の作です。年譜によると太宰は昭和六年二月、小山初代と同棲《どうせい》し、品川五反田に住む。夏に神田《かんだ》同朋町《どうぼうちょう》に、晩秋に神田和泉町《いずみちょう》に移る。東大の反帝国主義学生連盟に加わり、非合法運動をつづける（昭和七年七月離脱）。太宰自身の回想によると「なんの語るべき事も無い。朱麟堂《しゅりんどう》と号して俳句に凝つたりしてゐた」。筑摩書房の太宰全集にある十余句は全てこの時期の作です。

「幇間の道化窶れ」と詠んだ太宰は無名の左翼学生でした。しかしこの句には「太宰」というキャラクターがすでに現れています。

ひとりゐて蛍《ほたる》こいこいすなつぱら　治

一人ぼっちの人物が「蛍来い来い」と呟《つぶや》く。「こっちの水は甘いぞ」どころか、蛍が来ても

ここは不毛の砂原である。太宰の小説に「ほたる」というあだ名の女性が登場します。

真野は、やがておのれの眼《め》のうへの傷について話だしたのである。

「私が三つのとき、」なにげなく語らうとしたらしかつたが、しくじつた。声が喉へひっからまる。「ランプをひつくりかへして、やけどしたんですつて。ずいぶん、ひがんだものでございますのよ。小学校へあがつてゐたじぶんには、この傷、もつともつと大きかつたんですの。学校のお友だちは私を、ほたる、ほたる。」すこしとぎれた。「さう呼ぶんです。私、そのたんびに、きつとかたきを討たうと思ひましたわ。ええ、ほんたうにさう思つたわ。えらくならうと思ひましたの。」ひとりで笑ひだした。

（『道化の華』）

二十四歳の夏に書いた『道化の華』は、二十一歳のときの心中事件直後の入院生活をもとにした小説です。真野という女は付添の看護人で二十歳くらい。数日起居をともにするうち太宰とおぼしき主人公（葉蔵）は真野に恋愛感情を抱く。退院の前夜にこんな場面があります。

真野のおだやかな寝息が聞えた。葉蔵は沸きかへる思ひに堪へかねた。真野のはうへ寝がへりを打たうとして、長いからだをくねらせたら、はげしい声を耳もとへさゝやかれた。

やめろ！　ほたるの信頼を裏切るな。

（前掲書）

真野の容貌は「左の眼蓋のうへに、やや深い傷痕があるので、片方の眼にくらべ、左の眼がすこし大きかつた。しかし、醜くなかつた」。真野は心中で生き残った葉蔵に純真な同情を抱く。彼女に対する葉蔵の思いは「蛍こいこい」だったが、女にとって葉蔵は破滅をもたらす「すなつぱら」のような男である。そう自覚する葉蔵は「ほたるの信頼を裏切るな」と自分に言い聞かせる。――『道化の華』を知ってこの句を読むと、そう読めてしまうのです。「蛍こいこい」と詠んだ頃の太宰の頭の中で『道化の華』が細部までできていたとは思えませんが、少なくとも、淋《さび》しさゆえに女と親しくなり、やがて相手を破滅させてしまう「すなつぱら」のような自分を、太宰は自覚していたのではないでしょうか。――読者である私は太宰の句をそう読んでしまいます。なぜなら、それは「太宰」の句だから……。このような「太宰」のイメージについて研究者はこう語ります。

自殺未遂をくりかえし、薬物中毒に苦しみながらも自身の弱さから目をそむけず、既成のあらゆる権威に戦いを挑み続けた無頼派作家、というイメージは、実は小説を書くために、あるいは小説を受け取るために、作り手と受け手とが共につくり上げた伝承世界でもあったのではないだろうか。作者はこうしたシグナルを巧みに小説に埋め込むことによって「太宰神話」を創生し、それを背景にさらにあらたな作品を書き継いでいくことが可能になるわけである。（安藤宏『「私」をつくる──近代小説の試み』）

たしかに、読者もまた「太宰神話」の共同制作者です。「太宰」の句だと思って読むと「蛍こいこい」の蛍がただの蛍ではなくなるのですから。

追憶のぜひもなきわれ春の鳥　治

『人間失格』の主人公の手記は「恥の多い生涯を送って来ました」で始まります。この手記が紡ぎだすのは、自分が「人間失格者」であるという現在の認識から仕立て直されていく「過去」であり、こうした認識に沿って幼時からの自分の人生が回想され、当初から「世の営みが理解できなかった人間」があらたに生み出されていくのです（安藤前出）。

この「追憶」の句もまた、人間失格という結末からの追憶のようにも読めます。「ぜひもなきわれ」とは、しかたがない私。山頭火の「どうしようもないわたしが歩いてゐる」を思い出します。二十二、三歳の句ですが、一年ほど前に心中事件を起こしていますから、「追憶のぜひもなきわれ」と詠んでもおかしくない身の上でした。

「春の鳥」は茫漠《ぼうばく》としています。特定の種類の鳥ではない。芭蕉《ばしょう》の「行春や鳥啼魚《なきうお》の目は泪《なみだ》」の「鳥」と同じように、春の天地のざわめきのようなものと思えばよいでしょう。

旅人よゆくて野ざらし知るやいさ　治

旅人よ、行く手に野ざらしとなる運命が待っているのをはたして知っているか、というのです。野ざらしは、芭蕉の「野ざらしを心に風のしむ身哉《かな》」と同じ。

この句の約三年後、太宰は鎌倉の山中で自殺を図りました。この事件のことを、太宰は「小説に行きづまり、謂《い》わば野ざらしを心に、旅に出た」（『川端康成へ』）と記しています。芭蕉の「野ざらしを心に」は俳諧の誠を求めての旅の覚悟でした。太宰の「ゆくて野ざらし」は、自分を待つ挫折と破局への予感でした。

老いそめし身の紅かねや今朝の寒　治

「紅かね」は紅とお歯黒、転じて化粧。「今朝の寒」は晩秋の朝の寒さ。老いの兆し始めた身に化粧をする。登場人物は女性。朝の化粧でしょう。「今朝の寒」がわびしい。若き日の太宰の句には「二十にして心已《すで》に朽《く》つ」（李賀《りが》）という趣があります。

『天狗《てんぐ》』

『天狗』（昭和十七年）は、芭蕉の連句を太宰が評したもので「俳句の名人として歴史に残っている人たち」に対して「ずいぶん思いあがった乱暴な事を書いた」ので『天狗』と題したそうです。取り上げた連句は芭蕉俳諧の代表作の一つ。発句は名句の誉れ高い凡兆の「市中《いちなか》は物のにほひや夏の月」。太宰の評があまりにも辛口で面白いので、概略を紹介します。

発句「市中は」については、さすがの太宰も「何を思い浮べたってよい。自分の過去の或《あ》る夏の一夜が、ありありとよみがえって来るから不思議である」と手放しに褒めています。ところが脇以下には手厳しい。芭蕉の脇句「あつしあつしと門々の声」については「つき過ぎている」。たしかに「市中」と「門々の声」は近い。

去来の第三「二番草取りも果さず穂に出て」については、去来という真面目な作風の俳人をからかっています。――「野暮な人は、とかく、しゃれた事をしてみたがるもの」「二番草、ここが苦労したところだ。どうです。ちょっとした趣向でしょう？　取りも果さず、この言い廻しには苦労しました。微妙なところですからね。でも、まあ、これで、どうやら、ナンテ。ただ、ただ、苦笑の他は無い。何度も読んでいるうちに、なんだか、恥ずかしくなって来る。

去来さん、どうかその「趣向」だけは、やめて下さい」――と。素朴な景のわりに気取った書き方であることを太宰は揶揄《やゆ》したのです。

凡兆の四句目「灰打たたくうるめ一枚」については「わるくない」けれども「きざなところがある」。たしかに「打たたく」の「打」と「うるめ一枚」の「一枚」に気取りがあります。

芭蕉の五句目「此筋は銀も見知らず不自由さよ」については「私はこの句を、農夫の愚痴の呟きと解している」と、通説的解釈（旅人が、銀貨も通じないので不自由だろう、と田舎の不便さに文句を言っている）に異を唱えています。

去来の六句目「ただどひやうしに長き脇指」については「見事なものだ。滅茶苦茶だ。去来は、しすましたり、と内心ひとり、ほくほくだろうが、他の人は驚いたろう。まさに奇想天外、暗闇から牛である。仕末に困る。芭蕉も凡兆も、あとをつづけるのが、もう、いやになったろう。それとも知らず、去来ひとりは得意である。草取りから一転して、長き脇指があらわれた。着想の妙、仰天するばかりだ。ぶちこわしである」と言いたい放題。

面白いのは次の一節です。――「芭蕉には、少し意地悪いところもあるような気がして来る。去来を、いじめている。からかっているようにさえ見える。此筋は銀も見知らず不自由さよ。この句を渡されて、去来先生、大いにまごつき、けれども、うむと真面目にうなずき、ただどひやうしに長き脇指。その間の両者の心理、目に見えるような気がする」。

凡兆の七句目については「この長脇指が出たので滅茶苦茶になった。凡兆は笑いを噛《［か］》み殺しながら、〈草むらに蛙こはがる夕まぐれ〉と附けた。あきらかに駄句である」と、何もかも去来が悪いと言わんばかりの口ぶり。

芭蕉の八句目「蕗《ふき》の芽とりに行灯《あんど》ゆりけす」については「「行灯ゆりけす」という描写は流石である」と、見るところは見ています。

去来の九句目については「去来先生、またまた第三の巨弾を放った。曰《いわ》く、〈道心のおこりは花のつぼむ時〉立派なものだ。もっともな句である。しかし、ちっとも面白くない」。

凡兆の十句目については「凡兆も流石《［さすが］》に不機嫌になった。冷酷な表情になって、〈能登の七尾の冬は住憂き〉と附けた。まったく去来を相手にせず、ぴしゃりと心の扉を閉ざしてしまった。多少怒っている。カチンと堅い句だ。石ころみたいな句である。旋律なく修辞のみ」。凡兆の心理はともかく、句の雰囲気はきっちり捉えています。

芭蕉の十一句目「魚の骨しはぶるまでの老を見て」については「一座の空気が陰鬱にさえなった。芭蕉も不機嫌、理窟っぽくさえなって来た。どうも気持がはずまない。あきらかに去来の「道心のおこりは」の罪である。去来も、つまらない事をしたものだ」と、太宰は最後まで去来に毒づいています。

どこまでも去来に絡みたい太宰はこんなふうに語っています。

　湖の水まさりけり五月雨――去来の傑作である。このように真面目に、おっとりと作ると実にいいのだが、器用ぶったりなんかして妙な工夫なんかすると、目もあてられぬ。さんたんたるものである。去来は、その悲惨に気がつかず、かえってしたり顔などをしているのだから、いよいよ手がつけられなくなる。ただ、ただ、可愛《かわい》いというより他は無い。
　芭蕉も、あきらめて、去来を一ばん愛した。

太宰は己の自意識を執拗《しつよう》に穿《うが》ち、饒舌《じょうぜつ》に語り続けた小説家です。その筆が芭蕉や去来に向けられるとこんなふうになるのか、と呆気《あっけ》にとられますが、個々の句解や表現への着眼はさすがに鋭い。それにもまして人間心理に対する太宰の嗅覚は鋭く、去来に自己満足の匂いを嗅ぎつけ、それを辛辣に茶化しながらも憎めない道化に仕立ててしまいました。

去来は、芥川龍之介の『枯野抄』にも登場します。

　一身を挙げて師匠の介抱に没頭したと云《い》ふ自覚は、勢、彼の心の底に大きな満足の種を蒔《ま》いた。それが唯、意識せられざる満足として、彼の活動の背景に暖い心もちをひろげてゐた中は、元より彼も行住坐臥《ぎょうじゅうざが》に、何等《なんら》のこだはりを感じなかつたらしい。さもなければ夜伽《よとぎ》の行灯《あんどう》の光の下で、支考と浮世話に耽《[ふけ]》つてゐる際にも、故《ことさら》に孝道の義を釈《と》いて、自分が師匠に仕へるのは親に仕へる心算《つもり》だなどと、長々しい述懐はしなかつたであらう。しかしその時、得意な彼は、人の悪い支考の顔に、ちらりと閃《[ひらめ]》いた苦笑を見ると、急に今までの心の調和に狂ひの出来た事を意識した。さうしてその狂ひの原因は、始めて気のついた自分の満足と、その満足に対する自己批評とに存してゐる事を発見した。明日にもわからない大病の師匠を看護しながら、その容態をでも心配する事か、徒《いたずら》に自分の骨折ぶりを満足の眼で眺めてゐる。――これは確に、彼の如《[ごと]》き正直者の身にとつて、自ら疚《やま》しい心もちだつたのに違ひない。それ以来去来は何をするのにも、この満足と悔恨との扞格《かんかく》から、自然と或程度の掣肘《せいちゅう》を感じ出した。

「彼」は去来。「師匠」は芭蕉。芥川は、臨終の床にある芭蕉に尽くす去来の心の裡《うち》に自己満足を見出しました。太宰も芥川も、去来という俳人を、自己肯定感の強い、自己満足に安住する、おめでたい人物に描きました。多少違うのは、『枯野抄』の去来が自己満足に浸っている自分を省察し得たという点です。

たしかに去来にはそう見られがちな面があったようです。去来に好意的な高浜虚子は『芭蕉没後の俳壇』に次のように記しています。

去来とても同じ事、先師の遺訓なるものを金科玉条と心得ていた比較的純情の君子人ではあるが、併し其先師の遺訓とする所畢竟去来其人が解釈した遺訓で又その自流たるに過ぎぬ。許六支考の如き横着者は方便として先師を笠に着、愚直なる去来は衷心より信じて之をいうの差はあったろうが、孰れにしても各自勝手の解釈たる事は免れぬ。（略）
去来が落柿舎の扉を鎖じて世に出なかった事、許六、支考が百方論議自己を吹聴するに汲々たりしが如きも亦各自ら為すべき事を為したといってよい。已に蕉門の高弟として一世の尊敬を得ていた去来は芭蕉の死と共に退いてもよく其名声を墜すに至らぬ。寧ろ羸《るい》弱《じゃく》無為の身を処するに其時を知っていたといってよい。

虚子は去来について「比較的純情の君子人」で「愚直なる去来は衷心より信じて」いたと言いながら、結局、自己流で芭蕉を語った点は、許六や支考などの自己主張の強い論客連中と同じだと看破しています。鋭い人間観察眼を持っていた虚子もまた、去来の振舞に無自覚のポーズを見出したのかもしれません。太宰に言わせれば「衷心より信じ」ていたところが余計に始末に負えないのです。

去来のようなタイプの人間に対する辛辣さは芥川にも見られますが、連句評がそのまま心理描写になってしまうところに太宰の資質を見る思いがします。芭蕉の「此筋は銀も見知らず不自由さよ」から去来の「ただどひやうしに長き脇指」への付合を評しながら「その間の両者の心理、目に見えるような気がする」と太宰は語ります。太宰は、俳句の向こうに人間が見えてしまうのです。逆に、この鋭い眼差《まなざ》しが自分自身に向かったときの自己嫌悪はさぞかし辛《つら》かっただろうと、あらためて思います。

おしまいに、太宰が俳句というジャンルの本質を見抜いていたことの証左となる一節を『天狗』の中から引いておきます。

芭蕉だって、名句が十あるかどうか、あやしいものだ。俳句は、楽焼や墨流しに似ているところがあって、人意のままにならぬところがあるものだ。失敗作が百あって、やっと一つの成功作が出来る。出来たら、それもいいほうで、一つも出来ぬほうが多いと思う。なにせ、十七文字なのだから。

〈川上弘美〉の章――小説をヒントに読み解く俳句の謎

川上弘美〔かわかみ・ひろみ〕

一九五八（昭和三十三）年〜。東京生まれ。お茶の水女子大理学部生物学科卒。高校の生物科教員を経て小説家に。一九九六年『蛇を踏む』で芥川賞、以降、『神様』で紫式部文学賞、『溺レる』で女流文学賞・伊藤整文学賞、『センセイの鞄』で谷崎潤一郎賞、『真鶴』で芸術選奨、『水声』で読売文学賞、『大きな鳥にさらわれないよう』で泉鏡花文学賞。俳句は俳句結社「澤」（小澤實主宰）や句誌「恒信風」で活動。句集『機嫌のいい犬』。

幽霊、龍

川上弘美の俳句には、こんな「叔父」が登場します。

秋彼岸叔父のみやげは水ガラス　弘美

「水ガラス」とは珪酸《けいさん》ナトリウムの水溶液。「水飴《みずあめ》」状で、水ガラスと称して接着剤・接合剤・耐火塗料などに用いる」(『広辞苑』)ものです。

「叔父」が唐突です。句の語り手にとって叔父なわけですが、血縁関係だけでは一体どんな人かわからない。水ガラスを土産に持って来るのですから、風変わりに違いない。水ガラスは液体です。どんな器で、どんなふうに持って来たのでしょうか。しかも秋の彼岸に。

「叔父」とはどんな人でしょうか。親戚の中に一人くらいはいる風変わりな人物。いい歳《とし》をして一家をかまえず、風来坊のように暮らしている。そんな人物は、どちらかといえば伯父より叔父でしょう(寅さんは満男の伯父ですが)。

以下は『花野』という短編の冒頭です。

すすきやかるかやの繁る秋の野原を歩いていると、背中から声をかけられた。

この時刻でこの場所ならばたぶんそうだと思っていたが、振り向くと、やはり叔父が立っていた。

五年前に死んだ叔父である。

「ひさしぶりだね」と言いながら、わたしに向かって饅頭《まんじゆう》を一個さしだす。ありがとう、と言って叔父から実体を持たない饅頭を受けとる。

「元気だったか?」と聞かれ、まあ、と答える。ここまでがいつものやりとりである。

小説の後半に「彼岸花がひとむら、真紅に咲いている。叔父の足は秋草を踏みしだくことなく、ぼうと草の間に浮かんでいる」とあります。叔父の幽霊は彼岸花の頃に饅頭を持って現れる。饅頭を水ガラスに替えれば冒頭の句の「叔父」の姿に重なります。

「水ガラス」は、夢日記風の小品を集めた『惜夜記《あたらよき》』の中の「キウイ」という作にも使われています。声が聞こえたので下を向くと、キウイが喋《しやべ》っていた。「キウイ特有のきいきい声」で「カナリヤを最も効率よく長生きさせるための餌」は何かと問うてくる。「アミメニシキヘビの卵、夜の鴉《からす》の鳴き声、分子量126の水ガラス」の三択だと言う。呆気《あつけ》に取られていると、キウイは「わからないか、まだわからないか、正解は分子量126の水ガラス、水ガラス」と叫んだ。

理科の教師であったという川上の経歴からすると、水ガラスという化学物質やその分子量に連想が及ぶのは不思議ではないのですが、カナリヤの餌が無機物なのはやはり不可解です。作者はなぜ、よりによって水ガラスなるものを作品中に用いたのでしょうか。純粋な唐突さ（一切の理屈からの自由）を求めたのか。あるいは、いささか俗な解釈かもしれませんが、変質したり腐敗したりすることのない無機的な世界のシンボルとして、水ガラスといういかにも美しい、透明感のある語感を持つ無機物を選んだのか。

川上の描く幽霊は優しい。『九月の精霊』は「かん、という音が、遠くから聞こえてくる。あれはたぶん、伯父や伯母たちが鉦《かね》を叩《たた》いている音だ」という一文で始まります。毎年九月、伯父伯母の霊が主人公の実家に帰ってくる。「伯父や伯母たちは、四日間滞在する。最初の日には迎え火を焚《た》くが、ほかの家のようにお盆の時期に焚くのではないので、ひっそりと中庭に灯籠を灯《とも》すだけである」。その一人である「マサ伯父」は「灯籠がまわるのを見ているのが好きらしい。ほかの伯父や伯母たちはすぐに家に入るのに、マサ伯父だけは中庭に行き、真夜中までずっと灯籠を見ている」。

「水ガラス」の句の「叔父」が幽霊かどうかわかりませんが、悪い人ではなさそうです。水ガラスは市販され、手作りの石鹸《せっけん》にも使われる実用品です。危険物ではない。句の語り手（叔父に対する姪《めい》）が実用目的で水ガラスを所望したとは考えがたい。むしろ叔父のほうに水ガラスに対する興味があった。叔父は、水ガラスという美しい名の無機物を姪に対する唐突で純粋な善意のあかしとして、黙ってすっと差し出したのでしょう。

室咲《むろざき》や春画のをんなうれしさう　弘美

春画の女が喜悦の表情を浮かべている。室咲は温室で栽培して室内に置く鑑賞用の花。冬の季語です。室咲の人工的な美しさと春画の女とを対照させた巧みな句です。

ふつうの俳人の句なら鑑賞はここまでですが、川上の句なら『いとしい』という作品が想起されます。主人公の「二番目の父」が春画の絵師です。春画のモデルは「マキさんという五十歳くらいの女性とアキラさんという同じくらいの年齢の男性」が務めていた。

「マキさんとアキラさんは画みたいなかたちをするの」姉が聞くと、二番目の父は深く頷いて、

「そりゃあ上手にしてくれるよ」と答えた。

「たのしいのかな」

「たのしそうだよ、じつに」

今度は大きく笑いながら、答えた。

「たのしそう」とは、すなわち〈うれしさう〉なのです。その後「性交の途中でマキさんがアキラさんに対して力を加えすぎた結果の過失でアキラさんが死んでしまい、そのあとをマキさんが追って自殺」。二人は幽霊になる。死因となった性交はモデル用でないそれでした。

主人公が恋人の部屋に訪ねてゆくと幽霊のアキラさんとマキさんがいた。幽霊は春画と同じ姿態をし、「アキラさんの顔じゅうにふりそそぐような柔らかい接吻をしているマキさんの表情は、どこかで見たことのある表情だったが、思い出せなかった」。

〈うれしさう〉の〈さう〉には、本気だか演技だかわからないようなニュアンスがあります。

露寒や穴にはきつと龍がゐる　弘美

「露寒」は「暮秋の頃の寒さ」（『広辞苑』）。寒くなると生きものは穴にもぐる。「蛇穴に入る」は秋季、「蛇穴を出づ」は春季です。龍はどうか。春季の「龍天に昇る」と秋季の「龍淵に潜む」は「龍春分にして天に登り、秋分にして淵に潜む」という故事を踏まえる。「きつと」は確信に近い推測ですが、「穴にはきつと龍がゐる」の「きつと」には根拠がない。

『椰子《やし》・椰子』という日記風の作品に、以下のようなくだりがあります。

一月二日　晴

近所の原っぱに怪物が住みついたと聞き、見にいく。噂《うわさ》を聞いたらしい人が数人うろうろしている。凧を揚げながら待っている人もいる。

三十分に一回、住みついているうさぎ穴から「ゴー」という音と水蒸気があがる。龍の類のようだが、結局姿を見ることはできなかった。

帰りに神社へ初詣に行く。

穴から「ゴー」と水蒸気が上がるのはウサギのしわざではない。噂の怪物は「龍の類」だという。しかし結局姿を見ることはできなかったという無責任な結末。しかも怪物見物のついでという、いい加減な初詣。

「穴にはきつと龍がゐる」をまともに受け取ると何のことだかわからない。この句、とぼけただけの句として鑑賞したいと思います。

川上弘美の俳句はそれだけで読むと唐突に見えることもありますが、小説の世界と地続きになっていると思って読むと楽しい。

水の中から、水の中へ

人魚恋し夜の雷《いかずち》聞きをれば　弘美

「人魚」と「夜の雷」は小川未明の『赤い蠟燭《ろうそく》と人魚』の悲劇的な結末、大しけの夜を想起させます。

川上の『離さない』にも人魚が登場します。人魚を飼っているエノモトさんと主人公は人魚に魅了され、人魚のいる浴室から出られなくなる。社会生活の破綻を避けるため、しかたなく人魚を海に帰すことにした。人魚を抱えて膝丈まで海に入り、人魚を手放した場面。

こんなに人魚の顔を真近で見たのは、初めてだった。白磁に切れ込みを入れたような目がわたしをじっと見ている。

やっぱり離れられない、とわたしは知らずに言おうとしていた。

離れられない。

その刹那、人魚が口を開いた。赤く薄いくちびるを開いた。

「離さない」

人魚は言った。

うわあ、と言いながら、わたしは海岸に向かって走った。

（略）

ようやく浜に上がって荒い息を吐いていると、もう一度背後から、

（略）

「離さない」

という声が聞こえた。

耳をふさぎ、砂に顔をうずめた。

「春画のをんな」の句で言及した『いとしい』にも人魚が使われています。春画師であった「二番目の父」の死後に主人公の母と親しくなった「チダさん」という画家が人魚に似ている、というのです。「骨が柔らかそうでうしろまえがはっきりしない」のと「目玉があんまり動かないところ」が人魚的なチダさんは、母の恋人であるばかりか、主人公が勤める女子校の生徒である「ミドリ子」とも恋愛関係にある。男の人魚のような「チダさん」を恋い慕う女性たちの思いもまた「人魚恋し」だったのかもしれません。

『海馬』という作品に「夜の雷」風の場面があります。「海から上がって、もうずいぶんにな

る」という主人公は海馬という生きもの。人間の男に魅かれて子を生《な》しますが、海が恋しく、現在の主人に訴えて海に帰してもらう。その晩は嵐。町中が停電になり「釣り宿の看板が、大きな音をたてて倒れた」。『海馬』の結末の荒天も『赤い蠟燭と人魚』を思わせます。

蛸壺あまたなべてに蛸の這《は》ひ入りて　弘美

実景として読めばタコツボの水揚げです。たくさんのタコツボ。その全てにタコが入っている。「蛸壺やはかなき夢を夏の月　芭蕉」、嗚呼《ああ》あわれなるかな、と鑑賞するのでしょう。『北斎』という作品に「おれはその昔蛸であった」と名乗る男が登場します。男は「女にまつわりつく蛸の絵があるだろう。あれはおれのことを描いた絵だ。葛飾某という絵師の作である。知っておるか」と威張る。いうまでもなく北斎のあの春画です。

元タコの男はタコツボの話をする。「蛸壺のいいのはどんなのだか知ってるか」「清潔で、イソギンチャクやカジメなどの入りこんでいないものである」「蛸壺の、でかくてつやつやしていい匂いのするやつが海面からおりてくると、さすがのおれさまも、もぐりこみたくなった。我慢に我慢をかさねたが、ついにある日もぐりこんでしまった。不覚である」。

元タコの男は主人公の青年に金を払わせながら飲み屋のハシゴをする。主人公の金がなくなると「さておれは蛸に戻る。人の世はつらい浮世だった。しかしいいこともあった。女である。女の壺のいいのはどんなのだか知ってるか」「清潔で、イソギンチャクやカジメの入りこんでいないものである」と言い残して「闇の中へ消えた」。

映画の『パイレーツ・オブ・カリビアン』に登場する幽霊船の船長の顔もタコでした。

海にゐる古船長のやうなもの　弘美

「古船長」はどんな「もの」でしょうか。高柳重信の

船焼き捨てし
船長は
泳ぐかな

という俳句の船長ははたして人間だったのでしょうか。

目ひらきて人形しづむ春の湖《うみ》　弘美
十六夜や川底の人浮かびくる

投じられた人形は目を開いたまま沈んでゆく。まだ水の冷たい春の湖の水中深く。十六夜の月が照らしている。その光に惹《ひ》かれるように、川底に沈んでいた人が浮かんでくる。どちらも妖気の漂う句で、長編『真鶴』の磁場が及んでいるような気がします。『真鶴』の主人公の「京」は、十二年前に夫が失踪した。東京で一人娘を育てながら、因縁に惹かれるように再三真鶴に行く。そんな京の身辺に幽霊のような女が折々現れる。女とともに林を歩いていると、女は「ねえ、このお林のへんで、死んだ女がいたわ」と話しかけてくる。

働きづめに働いて、あるときお林で声を聞いたの。明日は山や磯にでてはいけない、と。「でも、でてしまったのね」わたしが訊くと、女はうなずいた。でてしまったの。その日から、あの子は姿がみえなくなった。さがして、さがして、そうしたら、沖にこぎだした漁師が、海面にあの子をみつけたの。

「海面」意味がわからなくて、ききかえす。

「海の中じゃなく?」

そうよ、海面。うつっていたの。あの子。髪がたっていた。赤いお腰ひとつになっていた。両のあしを、藤の蔓でしばられていた。漁師がみあげると、はりだした松の枝に、さかさに吊られていた。のどと、あしが、まっしろだった。

主人公は女と連れ立って激しい雷雨の中を歩く。雨の中を「女はさっぱりと乾いたまま、先に立って歩いてゆく」。定食やコーヒーを出す店に入った。「女は中までついてこなかった。（略）からだぜんたいから滴ったしずくに、床がぬれている。小さなたまりができている。かがんでのぞきこむと、たまりの奥に、女の顔が、ぼんやりとうつっていた」。

あめみたよなこゑのをんなだつたよな　弘美

人、のようなもの

春の夜人体模型歩きさう　弘美

人体模型の生々しさを「歩きさう」と詠んだ句です。「春の夜」だから浮かれ歩くのかもしれません。上五は俳句の型にこだわる人なら「春の夜」を「はるのよ」と読ませ、「春の夜や」「春の夜の」「春の夜を」などとすると思います。しかしこの作者はあえて「春の夜（はるのよる）」という、拙いような、ベタっとした言い方にした。おそらくは人体模型が歩き出しかねない、もやっと重たい空気感にこだわったのだろうと推察します。この句も小説とつながっているような気がします。

『物語が、始まる』の主人公は、団地の端にある小公園の砂場で「男の雛型《ひながた》」（「大きさ一メートルほど、顔や手や足や性器などの器官はすべて揃《そろ》っている」）を拾う。「最初抱いて歩いたが、途中で思いついて「歩く?」と聞くと「うん」と答えてすたすたと歩きだした」。女性の主人公は「雛型」を「三郎」と名づけ、育て、やがて三郎に恋心を抱く。しかし「雛型」は老化が早く、やがて元の一メートルほどの「原始雛型」に戻ってしまう。主人公は傷心を抱きつつ、「雛型」を遠くの公園に捨てたのでした。

人工的な「雛型」と人間との恋。通常と異なる老化の速度。これらは映画の『アンドリューNDR114』と『ジャック』（いずれもロビン・ウィリアムズ主演）を思わせます。

初夢に小さき人を踏んでしまふ　弘美

『物語が、始まる』の「原始雛型」は一メートルでした。この「小さき人」はもっと小さくて、踏んでしまうほど。

『ミンミン』にはそんな小さい人が登場します。主人公の「僕」は鎮守の森で、円矣円《まるい》一という森の住人と知り合う。最初に出くわしたときは「大きなかえるだと思った」。「こびと、と言うと、円矣さんは怒る」。円矣さんは年配の妻帯者です。「僕」は円矣さんを訪ねては恋愛の悩みを聞いてもらう。それ以上に劇的なことは起こらない。

「きみは、女にもてないだろう」と円矣さんに言われて、「僕」は「少なからずむっとした」。作中の「僕」は円矣さんに手荒なことはしない。しかし俳句の中では「小さき人」を踏んでしまう。きっとウッカリでしょう。鎮守の森に棲《す》む円矣さんはスクナビコナやコロポックルの末《まつ》裔《えい》かもしれません。一種の神様のようなもの。それは初夢のめでたさに通じます。踏んでしまったのでバチがあたるかもしれませんが。

「無意識の奥」

この章では、川上の俳句を小説の断片のように鑑賞しました。作者の意図はともかく、その精妙な小説を読んだ読者にとって、小説を離れて俳句を鑑賞することは難しい。しかし、俳句が小説の断片に過ぎないかといえば、必ずしもそうとは言い切れません。

むしろ俳句は一種の雛型であって、その雛型を読者の想像力によって、今ある小説とは違う方向に向かって鑑賞し、肉付けすることも可能です。たとえば「目ひらきて人形しづむ春の湖」を、流し雛の行く末として鑑賞してもよいのです。

男《お》の雛もまなこかぼそく波の間に　山口誓子
男の雛も口すぼめつゝ波の間に
女《め》の雛の髪ほぐれつゝ波の間に
男の雛の俯向きたまひ波の間に

雛流しの連作です。波の間を漂っていた雛人形はやがて、目をひらいたまま沈んでゆく。

スティーヴン・キングに『猿とシンバル』という作品があります。シンバルを叩くたびに身近な人が死ぬ。邪悪な何かを宿している猿の玩具《おもちゃ》は、厄介払いをしようとしても、何度でも主人公のもとに戻ってくる。主人公は意を決し、猿を湖に沈めます。シンバルを叩きながら猿は沈んでゆきますが、その間もその後も奇怪な出来事が起こる……。

川上は句集のあとがきに「句友は、作者が思ってもみなかったところまで、読みとってくれるのです。無意識の奥まで、探ってくれるのです。読み手というものが、こんなに注意深く言葉を読んでくれる。そのことを、わたしは句会によって知りました」と書いています。

その意味では、小説を借りて俳句を鑑賞した本章は、作者自身にとっては退屈な読み方かもしれません。しかし、もしかしたら、或る俳句と或る小説とが、作者の無意識の中でつながっていることを発見できたかもしれません。

〈夏目漱石・永井荷風〉の章――文豪句合わせ十番勝負

夏目漱石〔なつめ・そうせき〕
一八六七（慶応三）年〜一九一六（大正五）年。江戸・牛込生まれ。小説家・英文学者。東大卒。松山中学、五高の講師を経て英国留学の後、東大講師。その後朝日新聞社に入り創作に専念。日本近現代文学を代表する国民的作家となる。代表作に『吾輩は猫である』『坊っちゃん』『草枕』『虞美人草』『三四郎』『それから』『彼岸過迄』『こゝろ』『門』など。漢詩にも造詣が深く、俳句は学友・親友の正岡子規に師事。俳人としての評価も高い。

永井荷風〔ながい・かふう〕
一八七九（明治十二）年〜一九五九（昭和三十四）年。東京生まれ。小説家。東京外国語学校中退。ゾライズムの影響を受けた『地獄の花』『夢の女』で若くして文壇に登場。渡米、渡仏後『あめりか物語』『ふらんす物語』を発表、後者は発禁（風俗紊乱《びんらん》）。耽美派の中心的な作家活動の傍ら、慶大教授。大逆事件に接し、以降は孤高の隠者的生活の中で『濹東綺譚』『断腸亭日乗』などの名作を残す。文化勲章受章。俳句も二十代から多数。

この章ではこれまでと趣を変えて句合わせを試みます。句合わせとは宮廷の歌合わせに倣い、左右に分かれたチームから一句ずつ出し合い、判者《はんじゃ》の判定で勝敗を競うもの。現存する最古の記録は江戸時代初期のもので、この興行は現代も生きています。毎年松山市で行われる「俳句甲子園」（全国高等学校俳句選手権大会）は学校対抗の句合わせです。「子規・漱石句あわせ」（荒川区主催・松山市後援）という催しもあります。子規・漱石の両チームが、与えられた題にちなんだ子規・漱石の句を選んで句合わせを行うもので、子規チームを東大俳句会、漱石チームを早大俳句研究会が務めました。本章はこれに倣い、漱石対荷風の句合わせを試みます。

先輩格の漱石に敬意を表し、荷風チームが先攻。判者は「俳句甲子園」と「子規・漱石句あわせ」の判者を経験した筆者が務めます。歌合わせには、自分のチームの歌の良さを弁ずる「方人《かたうど》」という役があります。本章では、方人に代えて先人の鑑賞を参照します。

第一戦　お題「自画像」

枯蓮《かれはす》にちなむ男の散歩かな　荷風
正月の男といはれ拙に処す　漱石

【荷風チーム】 荷風には「自画像」と前書のある「永き日やつばたれ下る古帽子」がありますが、意表を突いて「枯蓮」を出して来ました。「荷」は蓮。「枯蓮にちなむ男」は荷風自身。明治四十四年一月、上野の不忍池《しのばずのいけ》での作です。

蓮の花、蓮の実、敗荷《やれはす》、枯蓮など、蓮は四季を通じて句に詠まれます。「新潮」が組んだ荷風追悼特集に、石川淳は「敗荷落日」と題して「荷風さんほどのひとが、いかに老いたとはいえ、まだ八十歳にも手のとどかぬうちに、どうすればこうまで力おとろえたのか」と晩年の荷風を厳しく評しました。「敗荷落日」の「敗荷」は、老いた荷風のことです。

同じ蓮でも「枯蓮」と「敗荷」は違います。「蓮破る雨に力の加はりて　阿波野青畝《せいほ》」と詠まれた敗荷は秋。「枯蓮の池に横たふ暮色かな　高浜虚子（上野不忍池畔）」と詠まれた枯蓮は冬。蓮は秋に破れ、冬に枯れます。石川淳に敗荷呼ばわりされるまでもなく、荷風は「枯蓮」を自称していたのです。枯蓮のほうが敗荷より惨めです。枯蓮のような男がふらふらと「散歩」する。この句はそんな自画像です。日和下駄の散歩で知られる荷風ですが、このときは上野に錦絵を見に行った帰り道でした。

【漱石チーム】『草枕』に通じる「木瓜《ぼけ》咲くや漱石拙を守るべく」も自画像風ですが、漱石チームは、誕生日の一月五日にちなんだ「正月の男」を出して来ました。「正月の男」とは「俗に愚直な人をさしておめでたいと言うときのそれで、同時に漱石自身が正月の生まれであることを掛けている」（小室善弘『漱石俳句評釈』）と解されています。

漱石は「拙」にこだわりました。「拙を守る」は陶淵明《とうえんめい》の「守拙帰園田」に由来します。松山時代の子規宛書簡には「才子群中只守拙」と記しました。『草枕』には「世間には拙を守ると云《い》う人がある。この人が来世に生れ変るときっと木瓜になる。余も木瓜になりたい」とあります。

「正月の男」と「拙」の関係を、坪内稔典《としのり》は「めでたい男だと馬鹿にされることをむしろ喜んでいるのでしょうか。それが人生を拙に生きることになる」とし、『吾輩は猫である』の苦沙《くしゃ》弥《み》先生を例に挙げます（『俳人漱石』）。神野紗希《こうのさき》は「親譲りの無鉄砲で小供の時から損ばかりしている」という坊っちゃんも拙に処した一人だといいます（『日めくり子規・漱石』）。

漱石は子規の弟子の高浜虚子に好意的でした。その理由を子規に宛てて、虚子の「人物が大《おお》いに松山的ならぬ淡泊なる処《ところ》、のんきなる処、気のきかぬ処、無器用なる点に有之《これあり》候」（明治二十九年六月六日付）と書き送っています。漱石は虚子に「拙」を見たのです。虚子は後年「ホトトギス」編集人として『吾輩は猫である』を連載し、文豪漱石の誕生に関わりました。

【判定】作句時の年齢はともに三十一歳。どちらも筆名や誕生日を踏まえて自己を戯画化しました。「散歩」に荷風らしさ、「拙」に漱石らしさが表れています。ただし句の肌合いは違います。「散歩かな」はとぼけた感じ。「拙に処す」は朴直です。

この勝負、荷風の「枯蓮」の勝ちとします。「ちなむ」が説明的ですが、「枯蓮」と「散歩」から、枯蓮を背景に飄然《ひょうぜん》と歩く男の姿が見えて来ます。「正月の男」の諧謔味《かいぎゃくみ》も捨てがたいものの、「拙に処す」という心意気がナマな形で詠まれている。漱石の句は、句の書き方自体が「拙」なのです。それが漱石の魅力なのですが……。

小宮豊隆は「木瓜咲くや漱石拙を守るべく」を次のように評しました。

此句で珍らしい事は、自分の名前を揚げて来て自分の思想といふか自分の哲学といふか、さういふものを表現してゐる事である。是は俳句始まつて以来の試みかとも思ふ。此句は純粋に芸術的な立場から云ふと、或《あるい》は価値は少いかもしれない。併し、今迄俳句ではとても取扱ひ得られさうもないと考へられてゐた世界を、先生は此処で取扱はうとしてゐる。そこが僕には面白い。かういふ事を表現しなければゐられない先生は、一方からいふと、俳句で納まる事の出来ないものを持つて生れて来てゐる、即ち俳句を離れて散文に入らなければゐられない先生である。（『漱石俳句研究』）

この評は「正月の男」の句にもあてはまります。「俳句で納まる事の出来ないもの」を抱え持った漱石という人を愛する読者にとって、「正月の男」は慕わしい句です。しかし「純粋に芸術的な立場」で句を競わせる句合わせにおいては、「枯蓮」と「散歩」で情景が立ち上がって来る荷風の句に軍配を上げたいと思います。

第二戦　お題「運命」（第一戦は荷風一勝）

落る葉は残らず落ちて昼の月　荷風
風に聞け何れか先に散る木の葉　漱石

【荷風チーム】日夏耿之介《ひなつこうのすけ》はこの句を「蕭散〔しょうさん〕として空明な、荷兮〔かけい〕か移竹〔いちく〕の古句集にでもありさうな、若《も》しくはあつても可かりさうな佳句」と評し、芭蕉門の俳人荷兮の「木枯や二日の月の吹きちるか」と比べました（『荷風文学』）。加藤郁乎《いくや》も、荷風の「八百余句のうちでなお屈指の作」と評しました（『俳人荷風』）。ただし俳句にうるさい人は、「落る葉は残らず落ちて」の

「落」のダブりや一抹の教訓臭を指摘するかもしれません。その点を髙柳克弘は次のように弁護しています。

「落葉《らくよう》」とか「木の葉散る」とか、一言ですませてしまえるところを、「落る葉は残らず落ちて」と念を押して、一切放下のさまを強調している。そこには、荷風の理想とする脱俗の境地が託されているのだろう。〝半擬人法〟というべきか、自然諷詠のようにも見えながら、人事のこととも読めるという、独特の叙法である。仮に、

落す葉は残らず落とし昼の月

とすれば、もっと擬人化が顕著になるが、そのぶん説教臭さが増して、俳句としての妙味が失われる。

（『美しい日本語　荷風Ⅰ』）

「落る葉は残らず落ちて」は「人間皆死ぬ」という月並な発想につながります。そう読むと昼の月は虚無の色を帯びます。そこに危うさを見た髙柳は、「落す」でなく「落る」としたぶんだけ「説教臭さ」が少ない、と弁護したのです。日夏耿之介と加藤郁乎はこの句を「昼の月の句」と呼びます。昼の月を中心に叙景句として鑑賞すれば「説教臭さ」が鼻につきません。

ここでマニアックなことを申します。初出の『おもかげ』（昭和十三年）では「落る葉《おちるは》」とルビがあります。文法通りなら「落る葉《おつるは》」です。誤植かもしれませんが、もしかすると句中に二

つある「落」の読みを揃《そろ》えて「落《おち》る葉」と読ませたのかもしれません。一句の中に「落《おつ》る」と「落ちて」が混在すると気持が悪いからです。初出の自選荷風百句のルビを見ると、たとえば「門」を「門《かど》の灯や昼もそのま丶糸柳」「御家人の傘張る門《かど》や桐の花」「百合の香や人待つ門《かど》の薄月夜」「門《もん》を出て行先まどふ雪見かな」などと読み分けています。「門《かど》の灯」は門前の街灯です。「門《もん》の灯」なら門灯になってしまいます。雪見の句は「門《もん》を出て」でなければ「門《かど》に出て」としたはずです。こんなところにも荷風の細心さが窺《うかが》われます。

【漱石チーム】「風に聞け何れか先に散る木の葉」は「運命」の寓意《ぐうい》です。漱石が修善寺で療養中、東京は洪水に見舞われました。その事情を漱石は『思ひ出す事など』に記しています。

　家を流し崖を崩す凄《[すさ]》まじい雨と水の中に都のものは幾万となく恐るべき叫び声を揚げた。同じ雨と同じ水の中に余と関係の深い二人は身を以《[もつ]》て免れた。さうして余は毫も二人の災難を知らずに、遠い温泉《でゆ》の村に雲と煙と、雨の糸を眺め暮してゐた。さうして二人の安全であるといふ報知《しらせ》が着いたときは、余の病が次第々々に危険の方へ進んで行つた時であつた。

　風に聞け何れか先に散る木の葉　（『思ひ出す事など』）

句の意味は、人間の運命は知れたものではない、どちらが先に死ぬか風に聞け、という教訓的なもの。これは正岡子規が排撃した月並ではないでしょうか。月並とは、たとえば「ともかくも風にまかせて枯尾花　加賀千代」のような句です（「月並研究」「ホトトギス」大正五年十月号）。『漱石俳句研究』でも月並との関係が話題になりました。

小宮　かういふ句は併し拙く真似ると月並になる。

松根《まつね》東洋城《とうようじょう》　併し風に聞けといふやうな事は月並の連中だつたらよう言はないね。

（略）

小宮　此処ではもう言葉の一つ一つに人格の響がある。——芭蕉を崇拝した後世の俳諧者流が月並に堕したのは、芭蕉ほど言葉を人格化する能力がなくて、然も芭蕉の型を模写したからなんだ。（略）此句を見てゐると、先生の腹の中迄すつかり見える。先生の腹の中から幾本もの糸が出て、此句の一字一字に十重二十重にからみついてゐる。それをたぐつて行くと先生の腹の中へ自然と入つて了ふ。

寺田寅彦　一般にああいふ生き死にの病気をしたあとでは、全く雑念のない透明な心持になつていい句が出来るものではあるまいか。（『漱石俳句研究』）

小宮、東洋城、寅彦は漱石門。もともと「先生の腹の中」にいた人々です。彼らの褒め方は大げさですが、この句に「緊迫した趣き」「音韻と音数の独特なすがた」があると指摘した神山睦美の評（『漱石の俳句・漢詩』）は肯《うべな》えます。「カゼ ニ キケ イズレ カ サキ ニ チル コノハ」のカ行（傍点）とイ段（傍線）の音が効いています。しかも音数の少ない語が並び、細かく刻むような調子です。

【判定】荷風の「残らず落ちて」は「一切放下」（髙柳）と解しましょう。漱石の句は「運命を即今眼前のことで詠んだ」句（東洋城）です。それぞれの句の説教臭さにどう対処したかが評価のポイントです。

荷風は「昼の月」によって叙景的に仕上げました。その点は前出の「枯蓮」の句と同様です。いっぽう漱石は「風に聞け」という鋭い命令調によって月並を突き抜けてしまった。

この勝負、漱石の「風に聞け」の勝ちとします。荷風の「昼の月」の静かな虚無感にも惹《ひ》かれます。しかしそれよりも「風に聞け」と言い放った漱石の度胸を評価したい。荷風は月並から巧《うま》く逃げました。漱石は月並を正面突破しました。実作者の立場でいえば「風に聞け」のような命令形はよほどの腕っぷしがないと使えません。芭蕉の句なら「さみだれの空吹おとせ大井川」「うき我をさびしがらせよかんこ鳥」など。漱石も「有る程の菊抛《な》げ入れよ棺《かん》の中」「逢《あ》はで散る花に涙を濺《そそ》げかし」「鳴くならば満月になけほとゝぎす」「猫も聞け杓子《しやくし》も是《これ》へ時鳥《ほととぎす》」など、命令形を使いこなしています。これが俳人漱石の胆力です。

第三戦　お題「悟り」（第二戦まで一勝一敗）

雞頭《けいとう》に何を悟らむ寺の庭　荷風

仏性は白き桔梗《ききよう》にこそあらめ　漱石

【荷風チーム】「雞頭に何を悟らむ寺の庭」は『枯葉の記』に記された句です。昭和十九年一月発表、六十四歳のときのこの随筆は、いちじくの枯葉や枯蘆、枯蓮などに目をとめ、

わたくしも既に久しくおのれの生涯には飽果てゝゐる。（略）然しわたくしには破《やれ》芭蕉の大きくゆるやかに自滅の覚悟を暗示するやうな態度は、まだなか〳〵学ばれて居さうにも思はれない。ぼろ片《きれ》よりも汚ならしい見じめな無花果の枯葉がわたくしには身分相応であらう。

と記しています。「自滅の覚悟」のできていない荷風のいう「何を悟らむ」を、「いくら禅庭園にいたところで自分には悟りを得ることなどできようか、いや、できるはずもないという開き直り」と髙柳克弘は解します（『美しい日本語　荷風Ⅲ』）。

この場の様子は「本堂の前の庭に大きな芭蕉の、きばんだ葉の垂れさがつた下に白い野菊の花が咲きみだれ、真赤な葉雞頭が四五本、危げに立つてゐた」（『枯葉の記』）とあり、「危げに」

という言い方にこのときの荷風の心境が感じられます。「何を悟らむ」は、髙柳の言うほど決然とした覚悟ではなく、もっとモヤモヤとした、「何を悟ればよいのだろうか」という自問のようにも思えます。

【漱石チーム】「仏性は白き桔梗にこそあらめ」は禅の公案のような句です。漱石三十歳の作。鎌倉円覚寺の帰源院に句碑があります。漱石自身は明治二十七年に円覚寺で参禅。後年の『門』（明治四十三年）では主人公の宗助が参禅します。禅に関わる句ですが、句の評価は「俳句として見た時に白桔梗の感じがよく出ればそれでいい」という寺田寅彦の言葉に尽きます（『漱石俳句研究』）。

【判定】「何を悟らむ」と逡巡《しゅんじゅん》する荷風の句と、「仏性は白き桔梗」と言い放った漱石の句はいくつかの点で対照的です。荷風の赤い鶏頭に対し、漱石は白い桔梗。助詞の「に」の使い方も両句で違います。漱石の句は「仏性は桔梗の中にある」という意味で、「桔梗に」の「に」は「中に」に相当します。荷風の「雞頭に」の「に」は「雞頭や」ほど切れておらず、目の隅に鶏頭を感じながら「何を悟らむ」と呟《つぶや》いているような感じです。

下五を見ると、荷風の「寺の庭」はそれ自体は面白くありませんが、「雞頭に何を悟らむ」という小難しい十二音を受け止めるにはちょうどよい。漱石の「こそあらめ」は推量の助動詞

「む」（已然形の「め」）ですが、公案風の断定を弱めている点が惜しい。

この勝負、荷風の「雞頭」の勝ちとします。決め手は季語です。漱石の句は「仏性」と「白き桔梗」の遭遇があまりにも見事で、かえって話がウマすぎる感じがします。対する荷風の句は、「何を悟らむ」の煮え切らなさと鶏頭の生々しい質感とが、説明しがたく絡み合っています。判者はそこに惹かれました。

第四戦　お題「猫」（第三戦までで荷風二勝・漱石一勝）

色町や真昼しづかに猫の恋　荷風

此の下に稲妻起る宵あらん　漱石

【荷風チーム】「猫」といえば漱石ですが、荷風チームは『荷風百句』の「色町や真昼しづかに猫の恋」を出して来ました。色町の昼。猫がさかっている。「しづか」が微妙です。色町が静かなのですが、猫が静かに発情しているとも読めます。日夏耿之介はこの句を「ゲテな句色」としつつ「強ひても俗に入つて、そこに心の落著を求める本旨の句柄」と評しました。日夏はまた「葉ざくらや人に知られぬ昼あそび」を、荷風の「小説を知る人は北叟《ほくそ》笑むで読み返してもみる事であらう。葉ざくらでなくては赤坂あたりの昼あそびが栄えず」と賞翫《しょうがん》します。「昼あそび」とは「待合茶屋に芸妓を呼んで、情交すること。もと吉原で外泊の出来ない武士の為の白昼（正午から午後四時）の営業」（岩波文庫『荷風俳句集』注解）だそうです。「真昼しづかに猫の恋」と「人に知られぬ昼あそび」は隠微さにおいて通じ合うものがあります。

【漱石チーム】「此の下に稲妻起る宵あらん」は『吾輩は猫である』のモデルの猫の死を悼んで墓標の裏に書いた句です。『永日小品』では、衰えてゆく猫を「眼の色はだんだん沈んで行く。日が落ちて微かな稲妻があらわれるような気がした」と描写しました。「此の下に稲妻起る」は「稲妻のような眼の猫が、埋めた土の下で稲妻を起こす」（『日めくり子規・漱石』）という意味です。この「稲妻」は雷雨の稲光ではなく、「秋になると遠くの夜空に、よく雷光のみが走るのを見る」（角川文庫『新版俳句歳時記　秋の部』）というもの。死んで埋められた猫の眼が稲妻のように光るのです。

【判定】この勝負は漱石の「稲妻」の勝ちとします。荷風の句は、色町の猫の真昼の情事という「ゲテ」な素材と、「●●や真昼しづかに○○」という端正な句形とのミスマッチが奇妙な風趣を醸しています。しかしそれ以上に漱石の句は圧巻です。土中の猫に生じる稲妻はどう考えても無気味です。情の通った猫ゆえの怖《おそ》れでしょうか。そのいっぽうで『猫』の最期——ビールで酔っ払い、「南無阿弥陀仏南無阿弥陀仏。ありがたいありがたい」と溺死する――は滑稽ですらある。怖れと哀憐《あいれん》と滑稽とが渾然《こんぜん》とした句です。

いろいろ深読みができる句ですが、「此の下に稲妻起る宵あらん」という字面だけ読むと何のことかわからない。「猫の墓」という前書があって初めて理解できます。逆に前書があるので、「猫」や「墓」を大胆に省略することができたのです。漱石には飼い犬の墓標に書いた「秋風の聞えぬ土に埋めてやりぬ」もあります。ここでも「犬」は略されています。この種の省略は挨拶句の骨法です。

「秋風の聞えぬ土に」からは、愛犬へのいたわりと、秋風の吹く地上から愛犬が消え去った虚《むな》しさが感じられます。いっぽう「此の下に稲妻起る」は妖気を漂わせています。この句柄の違いは、犬と猫に対する漱石の気持の違いでしょうか。

余談ですが、この猫が死んだとき、松根東洋城と高浜虚子の間で電報による俳句のやりとりがありました。虚子の句と前書の一部を引きます。

東洋城より電報にて「センセイノネコガシニタルヨサムカナ」と漱石の『吾輩は猫である』の猫の訃を伝へ来る。返電。

ワガハイノカイミヨウモナキススキカナ　虚子

第五戦　お題「主」（第四戦までで荷風二勝・漱石二勝）

「猫」の次は、その「主」に登場願います。

紫陽花《あじさい》や身を持ちくづす庵《いお》の主　荷風
愚陀佛《ぐだぶつ》は主人の名なり冬籠《ふゆごもり》　漱石

【荷風チーム】切札の「紫陽花」を出しました。この句を日夏耿之介は「幾《ほと》んど氏の悉《ことごと》くの随筆のなかさながらの口跡で、やんわりと直截に自己を談《かた》つてゐる佳句の雄の雄なるもの」と称賛し、次のように評しました。

実際に身を持ちくづして許《ばか》りはゐない此作者が、世間をも我をも偽つた形にして、身を持ちくづすと敢《あえ》て中音で仄かに言はねばならぬところに、この句が産れなければならぬ秘密があつた。その秘密は一に紫陽花やの五文字に懸つて存する。（『荷風文学』）

日夏はさらに「この花、あぢさゐでなくては折角口を衝いて出た身を持ちくづすが頓《とん》と生きない」と言います。ここでは、なぜ「あぢさゐ」でなければならないのでしょうか。日夏の評を嚙《か》み砕いたような、髙柳克弘の鑑賞を引きます。

身請けした芸者・関根歌を「壺中庵」と名付けた住まいに囲っていた折の句とされ、荷風の放蕩無頼の境涯を反映した句として人気が高い。客観的に自分を「庵の主」といっているのが、解釈を多義的にしている。物語中の人物のようでもあり、作者自身のようでもある。そこは明らかにしない書き方が粋だ。

「五月雨や身をもちくづす庵の主」の句形も伝わるが、「五月雨」は配合としてはありきたりで、庭先の鮮やかな「紫陽花」を配合することで、艶めきを加えている。紫陽花といえば梅雨時の花で、当然景色が雨中であることも暗示され、ただ「五月雨」とするよりも芸が細かい。

「持ちくづす」という語を使ってはいるが、ここで「紫陽花」を配しているのは、退廃の身の上に一片の美を見出しているからだ。とはいえ、紫陽花は時間が経つと色が変わるという性質を持ち、「七変化」という異名もあるから、「庵の主」の心もまたこの先変わらないわけではない。そんな予感がもたらす不隠の気配も、この句の魅力になっている。

漢字の多い字面の中で、「くづす」だけがひらがなで書かれているのも、この部分だけ素肌が露出しているような色気がある。

（『美しい日本語　荷風Ⅲ』）

髙柳は微に入り細に入り句の魅力を語っています。「身請けした芸者」の関根歌は、荷風の死後、以下のような談話を寄せています。

私が初めて先生にお会いしたのは昭和二年のことですから、先生は四十八歳、私は二十歳だったわけです。私は富士見町から寿々竜という名で芸者に出ていたのですが、その時、先生は「ウィスキーをお飲みになりますか」ときかれたことを覚えております。その頃の私には好きな人がいたのですが、その人は私を捨てて結婚してしまい、やや絶望に似た気持でした。芸者稼業がいやになり、やめたくなっていました。

やがて私は先生に身受けされて、西久保八幡町の壺屋というお菓子屋さんの裏に住むことになりました。路地裏で人眼にもつかず、気楽な家でございましたので、先生も来訪の客を避けることができて、たいへんお気に入りのようでした。先生はその家を「壺中庵」と呼ばれて老後のたのしみになさっていらっしゃったのです。先生は、わざわざ新聞広告まで出して、女中をやとってくださいました。先生は毎日のように壺中庵を訪れては、食事をなさり、夜は御一緒に銀座、神田、麻布そのほかの街なかを散歩したりいたしました。

(「日蔭の女の五年間」「婦人公論」昭和三十四年七月号、岩波文庫『荷風追想』所収)

なるほど、「身を持ちくづす」とはこういうことだったのです。この談話について「あくまでも「婦人公論」の編集者によって構成されたものであるという野暮な注記を加えるにとどめておきたい」（『荷風追想』多田蔵人解説）とあるのは、さもありなんと思います。

余談ですが、室生犀星も「金ぴかの一日」と題する一文を、石川淳の「敗荷落日」と同じ「新潮」の荷風追悼特集に寄稿しています。その中で犀星は、荷風の孤独死に対するマスコミの報道に触れながら「小説が書けないでいたら、今日の私自身は荷風さんよりもっと酷い死に方をしていたに違いない、僅かに小説が売れたというだけで事の相違が大きいのである。荷風さんは書けば幾らでも売れる作家であり、金も銀行に預けていた」「死ぬにも有名と金とがいる、荷風に有名も金も作品もなかったら、市川の茅屋に態々《わざわざ》その急死を探報するために、新聞や雑誌社はくるまをかっ飛ばす必要はなかったであろう」、さらに、銀座のカフェに置いたチップが荷風五円、犀星一円であったことについて「チップの置きかたに危うく、私と荷風さんとの文学の地位を大変な違いであることに、五円と一円のちがいを文学に結び合せて考えようとし、慌てて心でこれを抹殺していた」と書いています。このとき六十九歳の犀星は、荷風を語りながら自分をさらけ出しています。

【漱石チーム】「愚陀佛庵」は、漱石が松山赴任中（明治二十八～二十九年）に滞在していた下宿の名前です。当時の漱石は「愚陀」「愚陀佛」などと名乗っていました。

愚陀佛庵には「虚子・碧梧桐《へきごとう》を含む、子規を慕う地元の俳人たちが集まり、漱石は二階に退き、階下では常時句会が行われた。結果として、漱石は生涯二四〇〇句のうち、約三割を、この五十二日間の子規との同居期間に詠むこととなる」のです（井上泰至『正岡子規』）。この模様を、漱石は次のように語っています。

> なんでも僕が松山に居た時分、子規は支那から帰って来て僕のところへ遣って来た。自分のうちへ行くのかと思ったら、自分のうちへも行かず親族のうちへも行かず、此処に居るのだという。僕が承知もしないうちに、当人一人で極《き》めて居る。御承知の通り僕は上野の裏座敷を借りて居たので、二階と下、合せて四間あった。上野の人が頻りに止める。正岡さんは肺病だそうだから伝染するといけないおよしなさいと頻りにいう。僕も多少気味が悪かった。けれども断わらんでもいいと、かまわずに置く。僕は二階に居る、大将は下に居る。其うち松山中の俳句を遣る門下生が集まって来る。僕が学校から帰って見ると、毎日のように多勢来て居る。僕は本を読む事もどうすることも出来ん。尤も当時はあまり本を読む方でも無かったが、兎に角自分の時間というものが無いのだから、止むを得ず俳句を作った。其から大将は昼になると蒲焼を取り寄せて、御承知の通りぴちゃぴちゃと音をさせて食う。それも相談も無く自分で勝手に命じて勝手に食う。まだ他の御馳走も取寄せて食ったようであったが、僕は蒲焼の事を一番よく覚えて居る。それから東京へ帰る時

分に、君払って呉れ玉えといって澄まして帰って行った。僕もこれには驚いた。其上まだ金を貸せという。何でも十円かそこら持って行ったと覚えている。それから帰りに奈良へ寄って其処から手紙をよこして、恩借の金子は当地に於て正に遣い果し候とか何とか書いていた。恐らく一晩で遣ってしまったものであろう。
（夏目漱石『正岡子規』）

近代俳句の歴史の中で「愚陀佛庵」は象徴的な存在です。漱石と子規との青春の一コマでもありました。「お立ちやるかお立ちやれ新酒菊の花」は子規が「愚陀佛庵」を出て東京に向かったさいの送別の句です。しかし、そこには裏の事情もありました。

階下で大声をあげて騒ぐ、松風会の俳句仲間に漱石が閉口し、やむを得ず句会に加わったと後に漱石は面白可笑しく語っている（『正岡子規』）が、おそらくこれは事実ではあるまい。松風会の会員であった柳原極堂は、実際には句会は病人の子規に遠慮して静かに行われ、漱石は自主的に句会に参加したことを証言している。（略）

では、なぜ漱石は、句会がうるさくて仕方なく参加したなどと嘘をついたのか。以下は推測だが、ありのままの事情を語っては、子規の惨状をあからさまにしてしまうことを避けたのではないかと考えている。既に述べたように、帝国大学退学を決意した子規は、明治二十五年暮れ、松山の家を引き払って家族を根岸に引き取っており、松山に帰るところはなかった。漱石は子規に、友情から手を差し伸べたのだろうが、それをあからさまにしては、子規は余りに惨めすぎる。江戸っ子漱石一流の照れとそこに隠された優しさが、このような嘘を漱石につかせたものと考えておく。(略)
「愚陀佛」とは、漱石の俳号の一つだが、ぐだぐだとうるさい男の意味合いを含む。友に手を差し伸べたことを世間に公にすることで生じる、漱石への過度な「善人」という評判、もしくは子規への惨めな窮状を隠しおおそうとする、漱石らしい神経質な含羞のなせるわざだと解しておきたい。
(井上泰至『正岡子規』)

「愚陀佛は主人の名なり冬籠」は、子規が愚陀佛庵を去った後の明治二十八年十一月二十二日付子規宛書簡に書かれています。井上が推察するように、面倒見の良さと含羞が「ぐだぐだ」と混じった漱石の屈託が「愚陀佛は主人の名なり」という口吻《こうふん》に表れているような気がします。また、子規が去った寂しさを「冬籠」に託しているようにも思えます。

【判定】身請けした芸者と過ごした荷風の「壺中庵」。子規との友情を育んだ漱石の「愚陀佛庵」。対照的な「庵」の熱い対決となりました。判者泣かせの判定ですが、荷風の「紫陽花」の勝ちとします。理由は季語です。「紫陽花」と「身を持ちくづす」との不即不離の関係は、日夏や高柳の指摘した通りです。いっぽうの「冬籠」と「愚陀佛は主人の名なり」との関係は、良くいえば愚直、悪くいえば単調。この試合は荷風が華麗な季語さばきで一本取った形になりました。

第六戦　お題「田螺《たにし》鳴く」（第五戦までで荷風三勝・漱石二勝）

「愚陀佛」で負けた漱石チーム曰《いわ》く「判者が季語にこだわるなら季語で勝負させろ」。それならということで第六戦のお題は「田螺鳴く」です。俳句には「亀鳴く」（春）、「蚯蚓《みみず》鳴く」（秋）など、鳴くことのない生きものを想像で鳴かせた季語があります。「田螺鳴く」もその一つ。『奥の細道』の同行者の曾良《そら》に「菜の花の盛りに一夜啼《な》く田螺」があります。

しのび音《ね》も泥の中なる田螺哉　荷風
ぶつ〳〵と大な田螺の不平哉　漱石

【荷風チーム】 まずは髙柳克弘の鑑賞を参照します。

ほととぎすの初音に用いる「しのび音」を「田螺」にあてはめ、「田螺」ならば「しのび音」も空ではなく泥の中にちがいない、と洒落《しやれ》た句である。この句には「妓楼の行灯」という前書があり、それを踏まえるならば「しのび音」が一挙にエロティックな風情を帯

びる

（『美しい日本語　荷風Ⅰ』）

なるほど、「しのび音」はエロティックなのです。だとすると「泥」はどうなのでしょうか。遊女の境遇を「苦界《くがい》」と言います。「泥」は苦界の喩《たとえ》かもしれません。

【漱石チーム】「不平」を言う田螺の句は、明治三十年二月の子規宛書簡に書かれた四十句の一つ。子規はこの句に丸二つの高評価を与えています。「春ののどかな田んぼの景色のなかに田螺がころがっている。ブツブツ泡をふいている。さながらひとりブツブツ大不平をのべているようにみえる、というところか」とは半藤一利『漱石俳句を愉しむ』の解釈。半藤は「大不平」と解しましたが、『漱石俳句研究』の東洋城と小宮と寅彦は「大きな田螺」と解しました。文脈上はどちらにも読めます。私は、田螺というちっぽけな生きものの中の比較的大きなヤツが生意気にも不平をこぼしている、と解したいと思います。

【判定】田螺を擬人化した句の対決は、漱石の「ぶつ〱」の勝ちとします。勝敗を決したのはこの句でも季語です。漱石の句は「ぶつ〱」から、微細な泡を殻に付けた水中の田螺の姿が想像できます。「しのび音」より「不平」のほうが野暮ったくて田螺らしい。遊女を田螺に喩えた荷風の句は、技巧が大胆に過ぎて、田螺らしさが薄れてしまいました。

第七戦　お題「蠅《はえ》」（第六戦までで荷風三勝・漱石三勝）

筆たてをよきかくれがや冬の蠅　荷風

えいやつと蠅叩《たた》きけり書生部屋　漱石

【荷風チーム】冬の蠅は荷風の好む句材でした。随筆集『冬の蠅』の序に「憎まれてながらへる人冬の蠅といふ晋子（蕉門の俳人其角《きかく》。引用者注）が句をおもひ浮べて、この書に名つく。若しその心を問ふ人あらば、載するところの文、昭和九年の冬よりあくる年もいまだ立春にいたらざる時つくりしもの多ければと答へんのみ。亦何をか言はむ。老ひてます〳〵憎まれる身なれば。」とあり、中扉に「知らぬ間にまた一匹や冬の蠅」が記されています。また『断腸亭日乗』昭和二年十月二十一日の「壺中庵記」（身請けした芸者を住まわせた壺中庵）には「長らへてわれもこの世を冬の蠅」が記されていますが、この句は其角の「憎まれて長らふる人冬の蠅」の本歌取りです（髙柳克弘『美しい日本語　荷風Ⅲ』）。

これら冬の蠅の句のうち、蠅の描写が細かいのは「筆たてをよきかくれがや冬の蠅」です。しかしこの句もまた荷風自身のことだと髙柳は読み解きます。

売文の徒であるみずからを、筆たての陰に隠れ住む冬の蠅とみなしている。着想も面白いが、筆立ての陰で埃まみれになって息をひそめているというのはいかにも冬の蠅らしく、実際に机上でこうした眺めに接したのではないかと思われるほど、イメージにリアリティがある。

（『美しい日本語　荷風Ⅲ』）

「実際に机上でこうした眺めに接したのではないか」と髙柳が言うように、この句も「知らぬ間にまた一匹や冬の蠅」も、眼前の蠅を見ての作とも思えますが、「筆たて」と「かくれが」は「荷風自身を暗示」しているかのようです（岩波文庫『荷風俳句集』注解）。眼前の蠅と暗喩としての蠅とが二重写しになっているところがこの句の妙味です。

【漱石チーム】「えいやつと」は単純明快な句です。「書生」といえば『吾輩は猫である』の冒頭に「吾輩はここで始めて人間というものを見た。しかもあとで聞くとそれは書生という人間中で一番獰悪《どうあく》な種族であったそうだ」とある、あの「書生」を想像すればよいでしょう。この句の気分を巧く表した神野紗希の鑑賞を引きます。

下宿の書生さんの部屋から「えいやっ」と気合の入った声。何かと思えば、蠅を叩いただけという、トホホな一句。学生時代というのは、とかくエネルギーを無駄遣いしがちだ。力が有り余っていながら、その使い道が見つかっていない、モラトリアムの時代。そのもどかしさを、掛け声と「けり」の切れ字で振り切った。案外、蠅は捕り逃してしまい、昼寝していた同室の書生を叩いて起こす結果となったかもしれない。（『日めくり子規・漱石』）

この頃、五高に転じていた漱石は、このような思いで熊本の学生たちを相手にしていたことでしょう。

【判定】 荷風の「冬の蠅」の勝ちとします。荷風の句は、季語としての「冬の蠅」らしさと荷風のその人らしさとが渾然としています。眼前の蠅を詠んだようでありながら荷風その人の気配が漂うのは、冬の蠅に対する荷風のシンパシーのゆえでしょう。漱石の句には蛮勇の魅力を感じますが、味わいの複雑さは荷風の句が勝ります。

第八戦　お題「追悼」（第七戦までで荷風四勝・漱石三勝）

秋風のことしは母を奪ひけり　荷風
霧黄《きりき》なる市に動くや影法師　漱石

【荷風チーム】 荷風の母が亡くなったのは昭和十二年九月。このとき荷風は五十七歳でした。永井家本宅にいる弟威三郎との不仲のため、具合の悪い母親を荷風が見舞うことはありませんでした。以下、九月八日の日記から引きます。

晡下《ほか》午睡より覚めて顔を洗ひ居たりし時、勝手口に案内を請ふものあれば戸を開き見るに、従兄永井素川氏なり。ケントン夏服にパナマ帽をかぶりたり。西大久保伯母上危篤なれば直に余が車に乗りて共に行かるべしと云ふ。何はともあれ一寸顔を出されたし、是僕が一生の御願なりなど、言葉軽く誠に如才もなき勧め方なり。余は平生より心の底深く覚悟する所あれば、衣服を改め家の戸締などして後刻参上致すべければ御安心あるべしと、体よく返事し素川君を去らしめたり。風呂場にて行水をなし浴衣のまゝ出でゝ浅草に至り松喜に夕餉を食し駒形の河岸を歩みて夜をふかし家にかへる。

翌九日の日記には母の死を記し、「追悼」として「泣きあかす夜は来にけり秋の雨」「秋風のことしは母を奪ひけり」の二句を書きとめています。

酒井晴次来り母上昨夕六時こと切れたまひし由を告ぐ。酒井は余と威三郎との関係を知るものなれば唯事の次第を報告に来りしのみなり。葬式は余を除き威三郎一家にて之を執行すと云ふ。共に出でゝ銀座食堂に夕飯を食す。尾張町角にて酒井とわかれ、不二地下室にて空庵小田其他の諸子に会ふ。雨やみて涼味襲ふがごとし。

「空庵小田其他の諸子」はいつもの遊び仲間です。日記では平静を装いながら、俳句では「泣きあかす」「母を奪ひけり」と感情を剝き出しにしています。句の詠み方があまりに直截なので、逆に芝居がかってすら見えます。

古屋健三は、母の葬儀に出なかった荷風の心中を「威三郎との不仲が直接の原因ではなく、むしろ母親に対する複雑な思いが表に出た結果のように思われる。端的にいえば、荷風はひとりで自分なりに母を葬いたかったのではないだろうか。自分をすてて威三郎の側に立った母ではなく、自分の悲しみをわかってくれる昔と変わらない母のイメージを最後まで保ちたかったのではないか」と推察しています（『永井荷風　冬との出会い』）。なるほど、「泣きあかす」と「母を奪ひけり」は、「ひとりで自分なりに母を葬いたかった」荷風自身の姿を俳句の中で演じたのです。


【漱石チーム】「霧黄なる市に動くや影法師」は子規追悼。明治三十五年九月十九日、子規は母、妹、虚子に看取《みと》られて死去。このときの虚子の句が「子規逝くや十七日の月明に」です。

虚子はロンドンの漱石に子規の死を知らせ、漱石は虚子への返信（同年十二月一日付）に「倫敦にて子規の訃を聞きて」として「筒袖や秋の柩《［ひつぎ］》にしたがはず」「手向くべき線香もなくて暮の秋」などの五句をしたためました。掲句はそのうちの一句です。

虚子に宛てた文面には「子規追悼の句何かと案じ煩ひ候へども、かく筒袖姿にてビステキのみ食ひをり候者には容易に俳想なるもの出現仕《つかまつ》らず、昨夜ストーヴの傍にて左の駄句を得申候。得たると申すよりはむしろ無理やりに得さしめたる次第に候へば、ただ申訳のため御笑草として御覧に入候」とあり、句の後に「皆蕪雑、句をなさず。叱正。（十二月一日、倫敦、漱石拝）」とあります（『漱石・子規往復書簡集』）。諧謔を装った照れが感じられる文面です。

「秋の柩にしたがはず」と「線香もなくて」は子規への葬礼に参加できなかった自分の状態を詠み、「霧黄なる市に動くや影法師」は故人の面影を詠みました。「市」はロンドン、霧中の影法師は子規の幻影と解されています（山本健吉『現代俳句』、坪内稔典『俳人漱石』など）。

【判定】二つの追悼句は対照的な詠み方です。「母を奪ひけり」は、母を喪《うしな》った荷風自身に引きつけた自分中心の追悼です。「霧黄なる」は子規の幻影を詠んだ故人中心の追悼です。どちらが良いということはありませんが、作《つく》り易《やす》く無難なのは自分中心の詠み方です。私はこんなに悲しんでいます、と言えばよいのですから。この詠み方はどんな故人にも使えます。たとえば久保田万太郎が久米正雄の死を悼んだ「春火鉢かじかみし手をかざしけり」は、悲しみに手がかじかんでいる、というのです。いっぽう故人中心の詠み方は、失礼がないような形で故人の特徴をつかまなければならない。万太郎が荷風を悼んだ「ボヘミアンネクタイ若葉さわやかに」のように。ついでにいえば、万太郎が三代目桂三木助を悼んだ「敷松葉雪をまじへし雨となり」のように、弔意を景に託する詠み方もあります。

対照的な追悼句の対決は、漱石の「霧黄なる」の勝ちとします。荷風の「秋風のことしは母を奪ひけり」は切々たる思いを伝えます。句の格調は、飯田蛇笏《だこつ》が父を悼んだ「父ゆくや凍雲《いてぐも》闇にひそむ夜を」に匹敵します。しかしそれにもまして漱石の句は破格です。故人の面影を詠んだ句は美しく仕上げるのがふつうです。万太郎が七代目松本幸四郎を悼んだ「人徳の冬あたゝかき仏かな」や七代目澤村宗十郎を悼んだ「和事師の春寒顔のまことかな」のように。ところが「霧黄なる市に動くや影法師」は美しいどころか、暗く、不吉です。無気味ですらあります。しかしその影法師が子規だと思えば、懐かしさが無気味さに勝ります。その点は愛猫の墓に記した「此の下に稲妻起る宵あらん」に似ています。

漱石の句は表現の面でも見るべきものがあります。「霧黄なる」は霧の濃さを端的に表現しています。「市に動くや」の「動く」が故人の気配を生々しく感じさせます。「キリキナル・イチニウゴクヤ・カゲボウシ」のイ段の音（傍線）が鋭く響きます。

子規から漱石宛の最後の手紙は「僕ハモーダメニナッテシマッタ、毎日訳モナク号泣シテ居ルヨウナ次第ダ」というものでした。霧のロンドンの影法師は、追悼である以上に、子規を思う漱石の情動が噴き出したような俳句です。

影法師を詠んだ漱石の句には、掲句（明治三十五年）の他、明治二十八年に子規に書き送った「名月や故郷遠き影法師」、明治二十九年の「明月や丸きは僧の影法師」、「神経衰弱」の鈴木三重吉が自分の影法師を書き写して送って来たのに対して返信した「只寒し封を開けば影法師」（明治三十八年）、最晩年の「風呂吹きや頭の丸き影二つ」（大正五年）などがあります。

第九戦　お題「親子」（第八戦までで荷風四勝・漱石四勝）

元日やひそかにをがむ父の墓　荷風
安々と海鼠《なまこ》の如《ごと》き子を生めり　漱石

【荷風チーム】荷風は大正元年の年末「八重次を伴い、箱根塔之沢に遊び、二九日夜、巴家に帰ったが、三〇日大雪のため帰宅しなかった。その夕、父久一郎脳溢血にて卒倒した。三一日、唖々の急報で帰宅したが、久一郎は意識なく昏睡状態だった」（『荷風全集』第三十九巻）。一月二日に父は六十歳で死去。荷風は同月八日に家督相続。翌月「父の死を機会」として妻と離婚。翌年、芸者八重次と結婚します。荷風は後年「わたくしの父と母とはわたくしを産んだことを後悔しておられたであろう。後悔しなければならないはずである。わたくしの如き子がいなかったなら、父母の晩年はなお一層幸福であったのであろう」（『西瓜《すいか》』）と記しています。

「ひそかにをがむ父の墓」は、父の死の二十二年後の昭和十年元日の吟。荷風は五十五歳です。元日の墓参は「元旦の墓に詣で、落ちつきぬ　星野立子」のようなものですが、荷風の句は「ひそかに」の一語に思いが籠もっています。同時作は「行くところ無き身の春や墓詣」「門しめて寐るだけ寐たりけさの春」「若水にまづ粉薬をのむ身かな」「初夢を見よと物食ふ寐しな哉」。元日の若水で最初に飲むのが粉薬だとは何とも不景気です。「初夢」なら漱石の「初夢や金も拾はず死にもせず」のほうがめでたく無邪気です。このような新春詠を、加藤郁乎は次のように賞翫しました。

『断腸亭日乗』に録せられた俳句のうち、最も哀絶いちじるしい五吟、しかも新春詠である。(略)すでに厳父を失い、偏奇館独棲に甘んじるというか独居老人をかたくなに決め込み、蒲柳の身をかえりみず漁色に耽るわけだから、おのずから悲しみと俳味とは表裏一体化していると云えなくもない。しかし、年初に際し吐きつらねた独白五句としてはいかにも淋しい。行くところ無き身の春や墓詣、などとは作り話の上手な職業俳者流でもなかなかに詠める筋書でなく、放蕩無惨を文学信条さながらに求めつづけた散人ならではの俳諧デカダンスであろう。文人、いや俳人荷風は一庵の俳諧師たらむとして長きにわたる索居独棲を貫き通したと思えないものでもない。

(『俳人荷風』)

【漱石チーム】俳人漱石を語るとき「海鼠の如き子を生めり」は外せない句です。句自体の面白さにもまして、この句をいろいろな人がいろいろに評するのを読み比べるのが面白い。まずは門下の内田百閒から。ご託宣のような名鑑賞です。

飄逸と云ふか、洒脱と云ふか、或は俳趣味の非人情と云ふか、実に驚き入つたお祝ひの句もあつたものである。しかしそこに又漱石先生の風格の一端をうかがふ事が出来る様にも思はれる。何しろ初めてお嬢さんが生れられたのである。その祝ひの意《こころ》を託するのに、物もあらうに海鼠とは奇想天外である。（略）この句は、第一に用語がさう云ふ風に面白いばかりでなく、海鼠と云ふもののなめらかさにもまして、一句の調子が、「安々と」と読み始める所から、途中何の引つかかりもなく、海鼠の様にずるずるつとしてゐるのである。なめらかなのである。読過の拍子を早めるには、上五の「安々と」は云ふ迄もなく「なまこのごときこ」と云ふ重韻もあつて、大いにその効果を手伝つてゐる。さうして最後の「うめり」が滑らかな音を連ねてゐるので、そこから句の余韻が辷《すべ》り出し、句全体が、まるで海鼠の様な感じを現はしてゐるのである。

（『漱石俳句鑑賞』）

句作に秀でている百閒は、句の音韻に着目し「句全体が、まるで海鼠の様」だと分析しています。次は半藤一利の鑑賞です。

「長女出生」と前書きがある。長女とは筆子のこと。明治三十二年五月三十一日生まれ。わが女房どのの母、つまり義母である。平成元年に九十一歳で亡くなるまで、わが家で一緒に暮らした。色の白い、きれいなお婆さんで、江戸弁をシャキシャキと喋った。（略）漱石は生まれたての赤ん坊の感触を「寒天のよう」といい、「恰好の判然しない何かの塊に過ぎ」ないと小説『道草』のなかに書いている。つまり句にいうところのとらえどころのない「なまこ」の感じ。うまくいったものよ。（『漱石俳句を愉しむ』）

長女が生まれたのは五月ですが、海鼠は冬の季語。しかも「海鼠の如き」だから、じっさいに海鼠がいたわけではない。この句の季語について坪内稔典は「五月の末だと夏。それなのに、季語が冬の海鼠だというのはすこし変だ」「漱石さんが動転して季語を忘れた、と読むことにします」としています（『俳人漱石』）。なるほど実質的には無季の句なのです。しかし海鼠のイメージが強烈なので、海鼠が季語だと解されています。さて、この句を女性の読者はどう読んだのでしょうか。以下は、漱石ゆかりの熊本県出身の俳人あざ蓉子《ようこ》の評です。

繰り返されるア音のリズムが臨場感をもたらし、まるで無声映画の出産場面を見ている気分である。痛みに声をあげる妻、産婆のかいがいしい手の動き、おろおろと歩きまわり髭に何度も触れる夫などが想像できる。（略）掲句は、何故か「安」「海」「如」と女性に関する字が多いのである。

（坪内稔典・あざ蓉子編『漱石熊本百句』）

百閒は「コ」に注目しましたが、蓉子は「繰り返されるア音のリズム」に着目し、出産場面を想像しています。「女性に関する字が多い」という指摘は鋭い。

漱石・子規ゆかりの愛媛県出身の俳人神野紗希も出産にこだわった鑑賞をしています。

産む側からしたら「安々と、なわけないやん、痛いっつーの」「もっとかわいい比喩あるやろ」と突っ込みたいが、海鼠のリアルさが、妻に付き添った愛を証明しているので、許す。

（『日めくり子規・漱石』）

漱石に「許す」と言い放った神野は一九八三年生まれ。この句評を書く直前の二〇一六年に長男を出産しました。夫君は髙柳克弘。この句合わせには、夫が荷風側、妻が漱石側と、夫婦相分かれて参戦しています。

【判定】 荷風父子と漱石父娘の絆《きずな》を背負った二句の対決。判者泣かせですが、漱石の「海鼠」の勝ちとします。「ひそかにをがむ父の墓」は荷風の素顔が見える名吟ですが、相手が悪かった。文豪の俳句らしい型破りさにおいて漱石の句に軍配を上げます。

第十戦　お題「骨」（第九戦までで荷風四勝・漱石五勝）

さきほどのお題は骨肉の親子でした。最終戦のお題は「骨」です。

初汐や寄る藻の中に人の骨　荷風
骸骨《がいこつ》を叩いて見たる菫《すみれ》かな　漱石

【荷風チーム】「四谷怪談画賛」と前書。『荷風百句』収録句です。「伊右衛門が流れ寄る戸板を引き寄せると片面にはお岩の死骸が、片面には小平の死骸が打ちつけてあり、これが骸骨に変わる場面がある。その場面を描いた舞台絵に書きつけた句」です（岩波文庫『荷風俳句集』注

初代歌川国貞の錦絵「東海道四谷怪談」民谷伊右衛門を演じる2代目関三十郎と小仏小平・お岩を演じる3代目尾上菊五郎（国立劇場蔵）

解）。「初汐」は「名月の大潮の満潮」「海が近い川などは、満々と潮のさすのがわかる」（角川文庫『新版俳句歳時記　秋の部』）という秋の季語。秋の爽やかさと自然界の勢いを感じさせる「初汐」が「人の骨」とあいまって凄涼たる風情です。

少年時代の夏を大川端の水練場で過ごした荷風は次のように記しています。――自分は今日になっても大川の流のどの辺が最も浅くどの辺が最も深く、そして上汐下汐《あげしおひきしお》の潮流がどの辺において最も急激であるかを、もし質問する人でもあったら一々明細に説明する事の出来るのは皆当時の経験の賜物である。（略）水死人の屍が風と夕汐とに流れ寄るのはきまって中洲の方の岸である。（『夏の町』）――荷風にとって「寄る藻の中に人の骨」は絵空事ではなかったのです。

【漱石チーム】荷風の四谷怪談に対し、漱石はシェイクスピアです。漱石は、大学の教え子が翻訳し出版した『沙翁物語集』の序として、文章に代えて俳句を寄せました。「シェイクスピア劇のなかから、任意のセリフの一節を原文のままとりだして、それに合わせて句づくりをするという独創的なことを行った」のです（半藤一利『漱石俳句探偵帖』）。「髑骨を叩いて見たる」は、ハムレットの「あの頭蓋骨にも舌があり、昔は歌をうたうことができたはずだ」「顎をなくして、墓掘りの鋤に頭をこづかれている」（小田島雄志訳・白水Uブックス版）というセリフを踏まえています。「菫」は、オフィーリアの兄レアティーズの「美しい汚れを知らぬ妹のからだから、スミレの花よ、咲き出でよ」から来ているようです。無惨な骸骨と可憐《かれん》な菫の対照にとどまらず、ハムレットとオフィーリアを一句に詠み込んで「ハムレット」のミニチュアのように仕立てたところに漱石の技量を感じます。「叩いて見たる」の「見たる」は飄逸《ひょういつ》です。神野紗希は「「かな」の切れ字に、骸骨を叩く乾いた音が響く」と指摘しています。

「ハムレット」の「墓場」の場面に対する「この場は、ご存知のように、人足が卑猥な歌を陽気に歌いながら墓を掘るところにはじまる。漱石がもっとも好んだ場面であろうと勝手にきめている。悲劇的な雰囲気のいよいよ昂まるところに、ぽいとユーモラスな一景をいれる。漱石がウムとうなったところとみる」という半藤一利の評は、そのままこの句にあてはまります。

【判定】荷風の江戸趣味と漱石の英文学の勝負です。難しい判定ですが、僅差で荷風の「初汐」の勝ちとします。大川で泳いだ荷風の「寄る藻の中に人の骨」というネットトリとした描写を取るか、「叩いて見たる」という漱石の機知と飄逸を取るかですが、「寄る藻の中に」と踏み込んだ荷風の描写力を評価しました。

これで両チーム五勝五敗。延長戦にもつれ込みました。

延長戦　お題「顔」

暫《しばらく》の顔にも似たりかざり海老《えび》　荷風
達磨忌《だるまき》や達磨に似たる顔は誰　漱石

【荷風チーム】加藤郁乎は、この句を「歌舞伎狂言『暫』の顔つくりが飾海老に似ているという俳趣は乙《おつ》りきであり、得意の一吟であったろう」と評しました。「乙りき」とは粋なこと、異なこと。髙柳克弘は、『暫』に登場する鎌倉権五郎の「車鬢《くるまびん》のかつらは海老のひげを、そして隈取の顔はいかめしい海老の面を、たしかに思わせる」「類似を指摘したというのではなく、勧善懲悪のめでたい『暫』の題目を入れ込んだことで、新年詠の本懐をあざやかに遂げている」と、姿かたちの面白さだけでなく、挨拶の妙味を指摘します（『美しい日本語　荷風Ⅰ』）。

【漱石チーム】達磨忌は陰暦十月五日。坪内稔典は「達磨忌の法会に集まった人たちが、この中の誰が達磨の顔に似ているかを言い合っているのでしょうか。法会の後のなごやかな雰囲気が想像できます」と鑑賞しています（『俳人漱石』）。目がギョロッとした髭面《ひげづら》の達磨大師の絵は流布していますから、あいつは達磨に似ている、いや、あいつのほうがそっくりだという雑談はいかにもありそうです。漱石は自作の達磨像を書斎に掛けていました。「達磨に似たる顔は誰」の読み方は、坪内の「この中の誰が達磨の顔に似ているか」が素直だと思いますが、「法要の会衆の中に達磨に似た顔の人がいたけれど、あいつは一体誰だっけ」という読みも可能です。達磨その人が自分の忌日の法要にフラッと現れたと解するのも楽しいと思います。

【判定】誰かの顔に「似る」という発想の対決です。荷風の句はまっとうな新年詠。漱石の句は遊び心のある句で、句柄は対照的。この勝負、漱石の「達磨」の勝ちとします。「暫の顔にも似たり」と断じた荷風も見事ですが、「顔は誰?」と謎を掛けて終わる漱石の句のとぼけた味わいに、判者は惹かれました。漱石チームは「横顔の歌舞伎に似たる火鉢哉」という句も用意していたようですが、荷風チームが出して来ると予想した「暫」との歌舞伎対決になっては力負けしそうなので、「暫」の勢いを「達磨」ではぐらかす作戦に出たようです。延長戦は漱石チームの作戦勝ち。句合わ

夏目漱石・画「達磨渡江図」
(神奈川近代文学館蔵)

せは漱石チームの辛勝となりました。

瀟洒《しょうしゃ》な仕上がりの中に独自の俳味を湛《たた》えた荷風の句。剛直・朴訥《ぼくとつ》な中に機知や諧謔を漂わせた漱石の句。両文豪の句合わせはいかがでしたでしょうか。両者の句柄の違いとして何となく感じたのは、荷風の句はひとりごとに近く、漱石の句は対話・問答に近い。そのあたりは両文豪のキャラクターの違いでしょうか。

このほかにも対戦させたい句はありました。「ひとり」というお題で、荷風の「まだ咲かぬ梅をながめて一人かな」と漱石の「秋風の一人をふくや海の上」。

漱石の「時鳥厠《かわや》半ばに出かねたり」は、当時首相だった西園寺公望《さいおんじきんもち》からの招宴に断りを入れる手紙に添えた句として知られています。荷風はその宴席に列なり、「雨声会の記」を残しています。西園寺からの招宴をめぐって両文豪を対照させたかったのですが、漱石の「時鳥」と戦わせる荷風の句を探せなかったのは残念です。

両文豪の最後の句とされているのは、荷風が「かたいものこれから書きます年の暮」。この句は加藤郁乎が荷風の「辞世の吟」とし、髙柳克弘が、荷風のような「軟弱な作家」に国家が文化勲章を授与したことに対する「皮肉」だと評した句です。かたや漱石は「瓢簞《ひょうたん》は鳴るか鳴らぬか秋の風」。禅味溢《あふ》れる佳什《かじゅう》です。「かたいものこれから書きます」と「瓢簞は鳴るか鳴らぬか」はあまりにも句柄が違っていて、その対戦は異種格闘技になりそうなので、判者の職権で没にしました。

おわりに――俳句を「読む」ということ

今回取り上げた作家よりもっと最近の、おなじみの作家も俳句を詠んでいます。

母恋ひの若狭は遠し雁の旅　水上勉

福井県出身の水上は、「母恋ひ」「若狭」「遠し」「雁の旅」と、たたみかけるように郷愁をかき立てました。

こがね蟲面を逸れし鋭どさよ　藤沢周平

夏の夜、飛んでくるカナブンが顔にぶつかりそうになった。俳句雑誌に投句していた藤沢の句は、専門俳人のような描写力を発揮しています。

雲映じその雲紅し秋の川　藤沢周平

秋の川に雲が映り、赤く夕映えている。ごくふつうの景ですが、「雲」「その雲」と反復して情景を立ち上げる叙法は手練《てだ》れのもの。藤沢が投句していた俳誌は「海坂《うなさか》」といい、藤沢の歴史小説に登場する「海坂藩」という架空の藩名は、この俳誌に由来します。

子を捨てしわれに母の日喪のごとく　瀬戸内寂聴

瀬戸内寂聴は、平成二十九年に句集『ひとり』を刊行し、評判になりました。この句は作者の境涯を滲《にじ》ませた作です。

老いし身の白くほのかに柚子湯かな　瀬戸内寂聴

冬至の柚子湯に浸《つ》かった、老いた我が身が「白くほのか」だという老艶の句境。

短日のピアノを嚙《か》んでいた子供　長嶋有

長嶋はテレビの俳句番組の選者を務めたほどの俳句通です。二十二歳のときからパソコン通信で句会をやっていた由。ピアノと歯形という材料は彼の小説に見られます。『三十歳』という短編は、ワンルームに母のお下がりのグランドピアノを置いて暮らしている若い女性が主人公。そのピアノの蓋に母親の歯形がついている。

サラ・コナーの命拾いや大熱風　長嶋有

サラ・コナーは『ターミネーター』という映画のヒロイン。ロボットと人類が戦争する未来から送られて来た殺人ロボットの攻撃を逃れ、人類の救世主となる運命の息子を産み、命がけで守り育てる。その猛烈に逞《たくま》しい母親像が、芥川賞受賞作の『猛スピードで母は』に登場する元気な「母」に重なります。長嶋は、鏡花、百閒《ひやっけん》、川上弘美などと同様、小説の世界と俳句の世界が頭の中でつながっているタイプの作家なのでしょう。

そもそも小説家の俳句は、そうでない作者の俳句とどこが違うのでしょうか。

俳人と呼ばれる人々は、俳句と別に生業を持っていることが多い。水原秋桜子《しゅうおうし》は医師、山口青邨《せいそん》は東大工学部教授、中村草田男や加藤楸邨《しゅうそん》は教師、西東三鬼《さいとうさんき》は歯科医、金子兜太《とうた》は日銀の行員でした。これらの人たちが作った俳句を読む場合と、小説家が作った俳句を読む場合とどこが違うのでしょうか。その違いは、作者が発信する情報量の差です。小説家は小説や日記などの形で豊富な情報を発信します。俳人も散文を書きますが、小説家の比ではない。文豪と呼ばれる小説家については評伝や研究書も豊富で、それらも俳句を読み解くヒントになります。

その対極が新聞俳壇です。投句の葉書に書いてあるのは、俳句と氏名と住所だけ。性別は推測できますが、年齢も職業もわからない。しかし、長く選者を務め、同じ投句者の句を月々見ていると、その人が療養生活を送っているとか、漁業に詳しいとか、東日本大震災のため仮設住宅に住んでいるとか、句を通して作者の生活を想像することもあります。その場合、読者（選者）である私にとって、その人の句は私小説に近づきます。

小説家自身は小説家の俳句をどう見ているのでしょうか。内田百閒はこんなことを書いています。――「文壇人の俳句は、殆んど駄目だと云って差支えないであろう。尤《もっと》も幼少の頃から俳句に親しんでいた人が長ずるに及んで文壇人となったと云うのは、別の事である」「どう云う風に書けばどうなると云う判断の働く事がいけないのであって、文壇人の俳句は正にその弊を具えている」「文壇人は文士であり、文士は言葉を扱う者であるから、俳句の作法を聞けば、自分の豊富な語彙を以て《〔もつ〕》何とか尤もらしい句形を整える事は出来るのであるが、その十七音が俳句になる前に既に作者の方に一つの標準があり批判があり、それに当《あ》て嵌《は》めて俳句を捏造する」（『百鬼園俳談義』ちくま文庫『百鬼園俳句帖』所収）。

百閒は、その散文と同様の玄妙な俳味を湛えた句を詠みました。そんな百閒は、言葉のプロである小説家たちが文学的常識に従って「豊富な語彙を以て何とか尤もらしい句形を整える」のを苦々しく眺めていたのでしょう。「幼少の頃から俳句に親しんでいた人が長ずるに及んで文壇人となった」のは、たとえば、龍之介や犀星《さいせい》でしょうか。百閒は文壇俳句を酷評しましたが、この本で取り上げた作家の句はどれも魅力的だと思います。

この本にはときどき、高浜虚子という俳人が顔を出します。虚子は、私の師の波多野爽波《はたのそうは》のさらなる師で、私の大師匠です。明治の文学青年であった虚子は小説に志を得られず、結果的に俳壇の大御所になってしまった人物です。「ホトトギス」の編集人として『吾輩は猫である』を世に送り出し、「写生文」と称する散文を多く残しましたが、いわゆる「文壇」の住人にはならなかった。そんな虚子という人物が微妙な距離感を持ちながら、文壇の大物と交わるさまを垣間見る《かいまみる》ことも、この本を書く過程での楽しみでした。

俳句は十七音しかありません。読者の「読み」に依存する文芸です。俳句を「どう作るか」

の入門書は数多《あまた》出回っていますが、じつは、俳句を「どう読むか」のほうが、もしかすると、もっと深く、もっと面白いテーマかもしれません。

本書では文豪と俳句の関わりを紹介すると同時に、それを題材に、いろいろな句の読み方を試みました。この本をきっかけに、読者が、俳句を「どう読むか」に関心を持って下さるならば、望外の幸せです。

本書が成るにあたり、集英社新書編集部部長の西潟龍彦氏、編集者の加藤真理氏、谷村和典氏（俳号鯛夢。俳句結社「炎環」同人会会長）のお力添えをいただきました。感謝申し上げます。

二〇二一年春

主な参照文献

幸田文『父・こんなこと』新潮文庫、一九五五年
幸田露伴他『芭蕉俳句研究　続々』岩波書店、一九二六年
塩谷賛『幸田露伴』（上・中・下）中央公論社、一九六五～六八年
青木玉『小石川の家』講談社、一九九四年
佐藤至子「山東京伝『双蝶記』考」「文学」第十二巻第一号、岩波書店、二〇一一年一月、二月
馬場美佳「〈自由〉という照応」「北九州市立大学文学部紀要」第七八号、二〇〇九年
高木卓『露伴の俳話』講談社学術文庫、一九九〇年
幸田文他『増補　幸田文対話（上）―父・露伴のこと』岩波現代文庫、二〇一二年
小林勇「蝸牛庵訪問記―露伴先生の晩年」『小林勇文集』第二巻、筑摩書房、一九八三年
高浜虚子「耶馬渓俳話」「ホトトギス」一九五〇年十月
尾崎紅葉編『俳諧新潮』冨山房、一九〇三年
秋山稔編『泉鏡花俳句集』紅書房、二〇二〇年
三島由紀夫「解説」『日本の文学4　尾崎紅葉、泉鏡花』中央公論社、一九六九年
田山花袋『第二軍従征日記』博文館、一九〇五年
高浜虚子等記『正岡子規　病床日誌』国立国会図書館所蔵、一八九五～一九〇二年
同「ホトトギス五百号史を編むついでに」「ホトトギス」一九三七年七月

同「子規の鷗外に当てたる書翰、並に鷗外の子規に当てたる書翰」「ホトトギス」一九四二年九月
真下喜太郎「ホトトギス還暦　ホトトギスと森鷗外」「ホトトギス」一九五七年二月
大岡昇平「解説」『日本の文学2　森鷗外（一）』中央公論社、一九六七年
山崎一穎「鷗外、「小倉左遷」説は消えたか」「跡見学園女子大学国文学科報」第二九号、二〇〇一年
小林幸夫「森鷗外と日露戦争」「上智大学国文学論集」第十三号、一九八〇年二月
加藤郁乎編『芥川竜之介俳句集』岩波文庫、二〇一〇年
芥川龍之介「発句私見」「ホトトギス」一九二六年七月
同「芭蕉雑記」『現代日本文学大系43　芥川龍之介集』筑摩書房、一九六八年
同「枯野抄」『傀儡師』新潮社、一九一九年
高浜虚子「還暦座談会（三）」「同（八）」「ホトトギス」一九三四年四月、九月
島村元「虚子庵小集」「ホトトギス」一九一八年九月
高浜年尾「思ひ出・折々　芥川我鬼」「ホトトギス」一九五四年三月
石田波郷「横光さんの手紙」『石田波郷全集』第九巻随想Ⅱ、富士見書房、一九八八年
山本健吉「古池の季節」『俳句私見』文藝春秋、一九八三年
三島由紀夫「解説」『日本の文学34　内田百閒他』中央公論社、一九七〇年
内田百閒「百鬼園俳談義」他『百鬼園俳句帖　内田百閒集成18』ちくま文庫、二〇〇四年
平出隆「俳句と随筆の間」同前
宮坂静生『子規秀句考―鑑賞と批評』明治書院、一九九六年

田辺聖子『花衣ぬぐやまつわる……─わが愛の杉田久女』下、集英社文庫、一九九〇年
横光利一『欧洲紀行』創元社、一九三七年
高浜虚子『渡仏日記』改造社、一九三六年
石寒太『宮沢賢治の全俳句』飯塚書店、二〇一二年
菅原関也『宮沢賢治─その人と俳句』石田書房、一九九一年
室生犀星『遠野集』鼎書房、二〇一九年
同『芭蕉襍記』武蔵野書院、一九二八年
萩原朔太郎「詩壇に出た頃」『月に吠える』角川文庫、一九六三年
同「小説家の俳句」『阿帯』河出書房、一九四〇年
星野晃一『犀星　句中游泳』紅書房、二〇〇〇年
室生朝子『父　犀星の俳景』毎日新聞社、一九九二年
同「鑑賞」『鑑賞現代俳句全集第十二巻　文人俳句集』立風書房、一九八一年
中村真一郎『俳句のたのしみ』新潮社、一九九〇年
日野草城『展望車』第一書房、一九四〇年
山本健吉『現代俳句』角川文庫、一九六四年
久保忠夫『室生犀星研究』有精堂出版、一九九〇年
田辺徹『回想の室生犀星─文学の背景』博文館新社、二〇〇〇年
高浜虚子『俳句の五十年』中公文庫、二〇一八年

安藤宏『「私」をつくる―近代小説の試み』岩波新書、二〇一五年
高浜虚子「芭蕉没後の俳壇」『芭蕉』中公文庫、二〇二〇年
川上弘美『機嫌のいい犬』集英社、二〇一〇年
小室善弘『漱石俳句評釈』明治書院、一九八三年
坪内稔典『俳人漱石』岩波新書、二〇〇三年
神野紗希『日めくり子規・漱石』愛媛新聞社、二〇一八年
寺田寅彦他『漱石俳句研究』岩波書店、一九二五年
神山睦美『漱石の俳句・漢詩』笠間書院、二〇一一年
井上泰至『正岡子規―俳句あり則ち日本文学あり』ミネルヴァ日本評伝選、二〇二〇年
半藤一利『漱石俳句を愉しむ』ＰＨＰ新書、一九九七年
同『漱石俳句探偵帖』角川選書、一九九九年
和田茂樹編『漱石・子規往復書簡集』岩波文庫、二〇〇二年
内田百閒「漱石俳句鑑賞」『私の「漱石」と「龍之介」』筑摩叢書、一九六五年
坪内稔典・あざ蓉子編『漱石熊本百句』創風社出版、二〇〇六年
日夏耿之介『荷風文学』平凡社ライブラリー、二〇〇五年
加藤郁乎『俳人荷風』岩波現代文庫、二〇一二年
持田叙子・髙柳克弘編著『美しい日本語　荷風』（Ⅰ～Ⅲ）慶應義塾大学出版会、二〇一九～二〇年
池澤一郎「注解」加藤郁乎編『荷風俳句集』岩波文庫、二〇一三年

多田蔵人編『荷風追想』岩波文庫、二〇二〇年
古屋健三『永井荷風　冬との出会い』朝日新聞社、一九九九年
石塚友二編『文人俳句歳時記』生活文化社、一九六九年
以上の他、各作家の全集及び『現代俳句集成　別巻1　文人俳句集』（河出書房新社、一九八三年）を参照した。

図版レイアウト／ＭＯＴＨＥＲ
編集協力／谷村鯛夢（編集工房・鯛夢）、加藤真理

岸本尚毅(きしもと なおき)

一九六一年、岡山県生まれ。俳人。「天為」「秀」同人。角川俳句賞などの選考委員、「NHK俳句」選者(二〇一八、二一年度)、岩手日報・山陽新聞文芸欄選者など。著書に『生き方としての俳句』、『十七音の可能性』(NHKカルチャーラジオテキスト)、共著『ひらめく!作れる!俳句ドリル』など。俳人協会評論賞、俳人協会新人賞などを受賞。

文《ぶん》豪《ごう》と俳《はい》句《く》

集英社新書一〇七九F

二〇二一年八月二二日　第一刷発行
二〇二一年九月二二日　第二刷発行

著者……岸本尚毅《きしもとなおき》
発行者……樋口尚也
発行所……株式会社集英社
東京都千代田区一ツ橋二-五-一〇　郵便番号一〇一-八〇五〇
電話　〇三-三二三〇-六三九一(編集部)
〇三-三二三〇-六〇八〇(読者係)
〇三-三二三〇-六三九三(販売部)書店専用

装幀……原　研哉
印刷所……凸版印刷株式会社
製本所……加藤製本株式会社

定価はカバーに表示してあります。

ISBN 978-4-08-721179-5 C0295

Printed in Japan

a pilot of wisdom

集英社新書　好評既刊

世界の凋落を見つめて　クロニクル2011―2020
四方田犬彦　1068-B
東日本大震災・原発事故の二〇一一年からコロナ禍の二〇二〇年までを記録した「激動の時代」のコラム集。

ある北朝鮮テロリストの生と死　証言・ラングーン事件
羅鍾一／永野慎一郎・訳　1069-N〈ノンフィクション〉
全斗煥韓国大統領を狙った「ラングーン事件」実行犯の証言から、事件の全貌と南北関係の矛盾に迫る。

「自由」の危機　――息苦しさの正体
藤原辰史／内田 樹 他　1070-B
二六名の論者たちが「自由」について考察し、理不尽な権力の介入に対して異議申し立てを行う。

リニア新幹線と南海トラフ巨大地震　「超広域大震災」にどう備えるか
石橋克彦　1071-G
〝活断層の密集地帯〟を走るリニア中央新幹線がもたらす危険性を地震学の知見から警告する。

演劇入門　生きることは演じること
鴻上尚史　1072-F
日本人が「空気」を読むばかりで、つい負けてしまう「同調圧力」。それを跳ね返す「技術」としての演劇論。

落合博満論
ねじめ正一　1073-H
天才打者にして名監督、魅力の淵源はどこにあるのか？　理由を知るため、作家が落合の諸相を訪ね歩く。

新世界秩序と日本の未来　米中の狭間でどう生きるか
内田 樹／姜尚中　1074-A
コロナ禍を経て、世界情勢はどのように変わるのか。ふたりの知の巨人が二〇二〇年代を見通した一冊。

ドストエフスキー　黒い言葉
亀山郁夫　1075-F
激動の時代を生きた作家の言葉から、今を生き抜くためのヒントを探す、衝撃的な現代への提言。

「非モテ」からはじめる男性学
西井 開　1076-B
モテないから苦しいのか？　「非モテ」男性が抱く苦悩を掘り下げ、そこから抜け出す道を探る。

完全解説 ウルトラマン不滅の10大決戦
古谷 敏／やくみつる／佐々木徹　1077-F
『ウルトラマン』の「10大決戦」を徹底鼎談。初めて語られる撮影秘話や舞台裏が次々と明らかに！

既刊情報の詳細は集英社新書のホームページへ
http://shinsho.shueisha.co.jp/

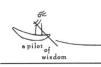